Hannes von Boll

Mei Freind
Hannes ond i

Schwäbisch-satirische Mundart-Gschichta

Manuela Kinzel Verlag

Inhalt

3

Mei Freind Hannes ond i

Mein Name ist Hans-Ulrich Kauderer. Geboren und aufgewachsen bin ich in der alten und freien Reichsstadt Esslingen am Neckar. Heute lebe ich zusammen mit meiner Frau und unseren beiden Töchtern im wunderschönen Bad Boll direkt am Rand der Schwäbischen Alb inmitten des Stauferlands.

Meinen Freund Hannes kenne ich eigentlich schon sehr lange. Er begleitet mich, von mir völlig unbemerkt, schon seit geraumer Zeit auf meinem bisherigen Lebensweg. Aufmerksam wurde ich auf ihn erst vor gut drei Jahren. Just in dem Moment, als er erstmals mit meiner guten Bekannten, der schwäbischen Putzfrau Martha Schwämmle, auf einer kabarettistischen Bühne auftrat.

Zu diesem Zeitpunkt wurde es Hannes und mir plötzlich klar, dass wir beide aus ein- und demselben Holz geschnitzt sind. Seither sind wir eng miteinander befreundet, mittlerweile sogar so eng, dass wir, das kann ich ohne Übertreibung sagen, keine Geheimnisse mehr voreinander haben. Nur so war es mir überhaupt möglich, seine „Lebens-Geschichten" von ihm zu erfahren.

Alle hier im Buch enthaltenen „Hannes-Geschichten" hat mir mein treuer Freund zu verschiedenen Gelegenheiten, meistens jedoch an sehr lustigen und langen Abenden ins Ohr geflüstert.

Ob Hannes diese Geschichten wirklich alle so oder ähnlich erlebt hat, kann ich selbstverständlich nicht mit letzschter Sicherheit behaupten. Sicherlich ist so manche Übertreibung auch einfach seinen Weinlaunen geschuldet.

Dennoch sind nach meiner festen Überzeugung auch viele wahre Begebenheiten in seinen Geschichten enthalten. Bei genauem Betrachten wird sich die Eine oder der Andere darin erkennen können. Mir geht es nämlich genauso.

Hannes und ich verstehen uns wirklich ganz ausgezeichnet. Ärger zwischen uns gab es eigentlich nur dann, wenn ich, wie vor kurzem geschehen, bei einer Buchpräsentation behauptete, dass „seine" Geschichten eigentlich aus meiner Feder geflossen seien.

Hierbei versteht er leider überhaupt keinen Spaß und besteht deshalb auf dieser unmissverständlichen Erklärung meinerseits. Daher: zur Klarstellung und um künftigen Ärger zu vermeiden, weise ich Sie, liebe Leserin, lieber Leser, hiermit ebenso vorsorglich wie nachdrücklich darauf hin, dass selbstverständlich alle Geschichten dieses Buches nur meinem guten, meinem lieben und besten Freund Hannes von Boll und niemals mir selbst passiert sind. Gott bewahre!

Darin sind Hannes und ich uns in jedem Fall einig:

Viel Spaß beim Lesen!

Hannes von Boll und Hans-Ulrich Kauderer

Schittla, bis dr Groscha fällt

Mei Hilde! Jetzt trainiert se für Olympia. Zumindescht hot mer den Eidruck. Vor etliche Monat hot sich mei Herzblättle, nachdem die wievielde Diät au emmer wieder amoal fehlgschlaga ischt, im Fitnessschtudio in der Schtadt drenna agmeldet.

In der erschta Woch isch gar nix passiert. Und in der zwoita Woch konnt mei Hilde emmer no koi Gewichtsreduzierung festschtella. Und als nach drei Wocha no emmer koi gozigs Gramm von ihrm Gwicht honda war und sich d'Hilde scho beim Fitnesstrainer beschwera wollt, han i amoal vorsichtig bei'ra agfroagt: „Hilde, moinsch ned au, dass du au moal ins Fitness noganga sottscht? Aomelde alloi reicht vermutlich ned zum Abnehma."

Guat, in der vierta Woch isch se no meim Rat gfolgt und isch endlich ins Fitnessschtudio ganga. Dia Anfangsbegeischterung war recht groß. Was soll i euch saga, des erschte Gepräch mit ihrm Fitnesstrainer war uff jeden Fall scho sehr erfolgreich. Sie hend glei die kommende Trainingseinheita für d'Problemzona Bauch, Beine und A... beschprocha und die persönliche Abnehmziele meira Hilde festgelegt. Als se zrückkomma ischt, war mei Hildchen euphorisch und kaum wiederzuerkenna. Noi, abgnomma hot se natürlich no gar nix: Se hot jo bislang erscht bei ma Cappuccinole in der Hand übers Abnehma gschprocha.

Als se hoim komma ischt, isch ihr sonscht au ned zu verachtender Redeschwall grad so übergschprudelt. „Au Hannes, was soll i dir saga, du der Sascha, der Trainer, du des isch en ganz Lieaber. Du, der isch no so jong und so knackig. Und Muskla hot der, des glaubsch du ned. Also wenn i nomol jong wär ...", hot mei Hilde von ihrem neua Fang im höchschta Sopran gschwärmt. Gott bewahr! Hab i bei mir denkt, bloß bitte des ned, 's langt jo, wenn i mit dir bschissa ben, muasch jo ned au no unbeteiligte Dritta mit neizieha und oglücklich macha.

Uff jeden Fall hot des Schwärma für den Fitnesstrainer gar ned so lang aghalta, wia i mir denkt han. Denn scho in der allererschte Trainingsschtond hot „mei lieaber" Sascha mei Hilde ordentlich schwitza lassa. Schwere Gwicht hot er se schtemma lassa. Wenn i saga dät, Hilde breng mir moal a Krädda Brennholz aus em Schuppa rei, dät se saga: „Hannes, des machsch besser selber, du woisch doch, dass mir des z'schwer ischt." Aber beim „lieba" Sascha hot mei Hilde halt älles gmacht, was der zu ra gsagt hot. Die schwerste Hantla waret grad recht.

Reschpekt au vorm Sascha, sapperlott! Was der sich mit meira Hilde traut! Aber der isch ja au ned seit Joahr und Dag mit'ra verheiratet.

Dr Sascha-Schpatzi hot in seim „Fitness-Folterraum" nämlich ganz patente Gerätla, wo mer sei Frau, und des isch jetzt en Tipp für älle Männer, ruahig amol noschicka sott. Seit viele Joahr scho, meine Freund wisset des, will i mei Hilde amol ordentlich verschittla. Des wär au dringend notwendig, weil sie sich erschtens regelmäßig mit ihre abfällige Bemerkunga über mi dafür qualifiziert hot, und weil zwoitens bei'ra durch des heftige Rüttla vielleicht au endlich amol dr Groscha fällt.

Allerdings, und des muaß i jetzt au ehrlicherweise zuagebba, hab i nia dia passende Gelegaheit dazu gfonda und seh mi körperlich au überhaupt ned in der Lage, solche Massa auch nur annähernd in Schwingung zu versetza. Kurzum, dr Fitnesstrainer hot se oifach kurzerhand uff so a Rüttelbrett geschtellt. Und dabei isch mei Hilde amol so richtig von onta bis oba samt ihrm ohnehin scho hochrota Meggel durchgschüttelt worda.

Aber – was soll i euch saga: Dia Mühe hot sich bei meira Hilde jedenfalls ned glohnt. Freilich! Bei dem Dickschädel, werdet ihr jetzt zu Recht saga. Ja! Aber der Versuchs war's trotzdem wert. Au wenn se jetzt emmer no, so wia davor au scho, dr gleiche Dreck an mi naschwätzt.

Der Sascha hot ihra nebabei au erklärt, dass mer beim Abnehma au auf die Ernährung schtreng achta soll. A sinnvolle Ernährungsumschtellung sei dabei sicherlich hilfreich und au notwendig. Mit der Ernährungsomschtellung hot se au glei agfanga. Ja, wenn sich mei Hilde was vornemmt, dann aber bittschee konsequent!

9

Aufgrond ihrer Ernährungsomschtellung
schtoht jetzt seit zwoi Wocha dr Butter ond
's Gsälz nemme lenks uff'm Tisch, sondern
emmer rechts. Mei Hilde isch ja au sehr bele-
sa. Ha ja, se liest unheimlich viel. Was dia
emmer liest, praktisch liest se in jeder freia
Minut. Und über des Thema hot sie sich wei-
tere Fachliteratur beschafft. Sie liest jetzt seit
Neuestem auch noch zusätzlich zur andera
Damenliteratur auch noch Frau em Schpiegel
und Gala. Und von dene hot se sicherlich au
dia fixa Idee für onsere Trennkoschtdiät krie-
agt. Ned, dass i was gega dia Diät meira Frau
hätt, ganz im Gegateil, ich unterschtütze sie
gern drbei. Bloß seit mir boide dia Trenn-
koschtdiät machet, beschtoht mei Hilde
drauf, dass sie in der Küche isst und i ganz
alloi im Wohnzemmer. Und des halt i bei
aller Liebe − oder au ned(!?) − für sehr be-

denklich. Ob denn des obendengt sei muaß, dass mir boide dia Trennkoschtdiät so konsequent durchzieha müasset, hab i se dann gfragt.

Aber do hot se natürlich ned mit sich reda lassa. Sie wär grad uff'ma ganz guata Weg und will den Erfolg ihrer Gewichtsreduktion in keinem Fall gefährda. Und außerdem dät i ohnehin von moderne Abnehmmethode nix verschtanda. Des seh i jo au ei, des isch a schwierigs Thema. Und ganz bsonders bei meira Frau, dia selber ned ganz oifach isch. I sag scho emmer: „Mei Hilde isch so kompliziert, dia verschtoht sich doch selbscht kaum."

Ihrazliab hab i des Thema au nia meh agschprocha, denn mei Hilde isch durch dia Abnehmerei sowieso seelisch und nervlich doch sehr schtark agschlaga. Ja, des merkt mr! Ja, sogar als Mann! Mer muass grad ganz arg uffbassa, was mer zu ra sagt. Drletzscht war se wieder mit de Nerva so weit onda. Do hot se Rotz und Wasser gheult. Zerscht hab i (Entschuldigung, i ben bloß en Mann) gar ned verschtanda, worom se so schrecklich blärret hot. Als se koine Taschatüchle meh im Haus gfonda hot und schtattdessa bereits 's zwoite Gschirrtuch verheult hot, han selbscht i a bissle Mitleid krieagt und se en Arm gnomma, bevor no mehr Wasser unkontrolliert in onser Wohnung tropft isch. Denn i hab in dem Moment ernschte Sorg ghett, dass dadurch onser nei verlegter Parkett an Schada nemmt.

Unter Aufbietung meiner tiefapsychologischa Grundausbildung in weiblicher Geschprächsführung, die ich im letzschta VHS-Herbstkurs (Frauen verstehen – Frauen lieben – geht das überhaupt?) erworben habe, hab i erstmols erfahra, was mei Hilde alles wega mir ertraga muass. Es kann oim selbscht bei so'ma Mensch als unmenschlich erscheina! Zwischa ihre wiaschte Heulattacka und dem schtändiga Schluchza hot se mir nur ganz kurzatmig erzähla könna, wie sehr sie beim täglicha Essa emmer leida muass. Sie muss sich so saumäßig aschtrenga und des älles bloß wega mir. I war so tief betroffa, i hätt am liebschta mit'ra mitgheult. Ganz ehrlich und Hand aufs Herz – nur mei saumäßig blöda Angscht wega'm Parkett hot mi überhaupt drvo abhalta könna.

Erscht nach längerer Zeit des Ins-Arm-Nehmens und des Gut-zu-Redens (Lektion 2, VHS!) hab ich mi traut, a Frog zom Schtella: „Hilde, was belaschtet di denn?" Nach drei weiteren tiefen Hilde-Schluchzer eröffnete sie mir einen Blick in ihre tiefe Seele, denn vom'a Herza welle mir do ned glei reda. Ob ich mir denn überhaupt a Bild macha könnt, wie viel Wurscht und Käs sie jeden Tag in sich neischtopfa muaß, bis i von dera Wurschthaut und vom abgschabta Käsdreck auch nur annähernd satt werda dät.

Unter ons, lieba Freunde: ja, ich war in all den lange Joahr unserer Ehe rüpelhaft, ja, ich war ignorant und hab niemals in Acht gnomma, wie sehr meine liebschte, mir angetraute, meine beschte und scheensta Frau

Tag für Tag schtillschweigend und schtets tapfer nur für mich glitta hat.

Ganz ehrlich, seit diesem Tag seh i mei Hilde im'a ganz andera Licht und fühl mich am körperlicha Elend und Verfall meiner Frau zutiefst schuldig. Mea maxima culpa – und an Haufa sche uff mein Meggel druff!

Ja, bei'ra Schwangerschaft versaut mer als Mann seira Frau kurzfristig d'Figur, des isch halt amol so. Aber des goht ja wieder weg. Jetzt, mei Hilde und i, mir hend doch gar koine Kender und von meine woiß se ja zum Glück bis heut nix (aber gell, des bleibt onter uns!), und trotzdem hot mei Hilde so an Ranza beinander. Und der goht vermutlich bei ihra au nemme weg. Aber des därf mr dr Hilde uff koin Fall saga, sonscht heult se sicherlich wieder an Dag lang romm.

Mittlerweile hot se em Fitnessschtudio wieder uffghört, 's dät eh nix brenga, hot se sich jetzt eigschtanda müssa.

Des ganze Fitnessglomb sei zwar ned koschtalos, aber bei ihra völlig omasonscht. „Was soll denn des brenga? Mer sitzt uff so a ‚Schpenner'-Fahrrad (hoißt des ned so?) nuff und schtrampelt sich oin ab, bis oim Zong vorna rauskommt, und bleibt trotzdem uff der Schtell schtanda. Ha, do kann i doch glei drhoim uff dr Sofa nasitza, no komm i nämlich gleich weit."

Es isch aber au wirklich zom Verzweifla: Mei Hilde kann essa und drenka was se will – sie nehmt halt oifach ned ab drbei!

Cuba, Schtrand und Berge

Mei Hilde, mei viel bessera Ehehälfte, äußerte vor kurzem da Wunsch, dass se doch so gern amol wieder in Urlaub fahra wett. Seit unserer Hochzeitsreise selbigsmol dia Woch in Schopfloch uff d'Alb seiet mir nemme richtig fort gwesa. Was ja so ned schtemmt, weil mei Hilde ja regelmäßig mit'm Obst- und Gartabauverein alljährlich zu dene Landesgartaschaua fährt. Do froag i mi, isch denn des ned fort?

Agfanga hot dia ganza Diskussion folgendermaßa: Mei Hilde hot eigentlich an Salza-Kurs an der Volkshochschul macha wella. Salza, ganz ehrlich, i hab gar ned recht gwisst, was des ischt. I han denkt, des wär wieder so a ausländisches Gwürz do. Aber mei Hilde hot mi glei uffklärt, dass Salza zwar sauscharf wär, aber dass des gar koi Gwürz sei. Und ihr Freundin Margret (wer au sonscht?) hätt des au scho ausprobiert.

„Entweder macha mir en Salzakurs oder mir fahret nach Cuba. Dort tanzt mer nämlich den Salza uff de Schtroßa", hot mi mei Hilde vor vollendete Tatsacha schtella wella.

„Cuba? Worom eigentlich ned nach Cuba?", hab i zur Antwort gebba. Und mei Hilde hot sich scho ganz arg bis ennanei gfreit und vermutlich au a bissle gwondert, dass i nix dagega han. „Cuba, Hilde, des isch di Idee! Cuba isch doch des Land, wo dia Mädla mit de knappe Bikinila rommlaufet? Dia nette hübsche Mädale hend doch da so Bascht-

14

röckla om ihre schlanke Hüftena romm – oder etwa ned? Hilde, du hosch Recht, do ganget mir na, au ja, au ja, do freu i mi scho, des will i au amol erleba!"

Komisch! Plötzlich hot mei Hilde gar nemme so arg uff Cuba pressiert. „Ach Hannes, des mit dem Cuba war vielleicht doch koi so guate Idee von mir – oder? Woisch, wenn i mir des recht überleg, des Klima ischt gar nix für meine Locka und außerdem gibt's doch dort in dene ihrm Dschungel au so wilde Tiere. Was wär denn, wenn mi so a Krokodil oder a giftige Schlang afällt und frisst?" – „Wer bittschee fällt denn di no a, hoscht neuerdings amol wieder en Schpiegel glotzt. Und zwoitens glaub i meiner Lebdag ned, dass du gfressa wirscht." – „Worom bisch du dir denn do so sicher?", will mei Sumpfdotterblümle von mir wissa. „Weil's dene au lieaber nach Frisch- anschtatt ma Gammelfloisch isch. Und außerdem hosch du scho amol ghört, dass oi Schlang a andera frisst? I jedenfalls ned!" Groß widerschprocha hot se mir in dem Fall ned.

Nach ma kurza Päusle nahm mei Hilde nomol en Anlauf auf ihr Urlaubsglück. „Ha, Urlaub wär scho schee, gell? Vielleicht fahra mir dann doch eher in d'Berg? Gell, do gfällts dir doch so gut, Hannes – gell Hannes? Sag, dass es dir dort gfällt – los sag's! Sag doch endlich, dass es di in d'Berg neizieaht. Woisch, no wandera mir zerscht nuff uff dia Berg und dann könnat mir von oba rontergugga. Ja, ond des schöne Alpapanorama,

Mensch Hannes, des wär's doch! Gell? Sag doch jetzt endlich, dass dir des gefäääällt!"

„Hör mr du bloß uff, du und deine Berg. Do duat mir ja jetzt scho 's Kreuz weh, wenn i den schwera Rucksack für di wieder traga muass. Was war letzschtes Mol bei der Albwanderung von Wiesaschtoig nach Laichinga ned älles drenn? Nur Lombagruscht von dir. Erscht oba uff dr Alb hab i neiguckt, was du älles eipackt hoscht. Den Schminkkoffer, zwoi Paar Ersatzschuah, en Schirm, deine Nordic-walking-Schtöck und dei Ersatzgebiss, ha komm? Bloß 's Veschper hot koin Platz meh ghett. Wenn mir irgendwo nofahret, dann ans Meer – und jetzt baschta."

Des kennt i mir glei abschminka, hot se mir entgegnet, denn schließlich häb sie koi Bikini-figur für da Schtrand. „Du vielleicht ned, aber dia viele andere hübsche Mädle am Schtrand fei scho!" Guat, des hätt i mir vielleicht au verdrucka kenna. Denn dann ging dia Leier mit „ob-i-sie-denn-nemme-schee-fenda-dät" wieder los.

Zwoi Schtond schpäter wird's gewesa sei, hot se ihr Zemmertür wieder uffgschlossa und isch freiwillig rauskomma. Vielleicht lags au nur am Kaffeeduft, der ganz fei durch's Haus zoga isch. In der Zwischazeit hab i nämlich als Friedensangebot an Kaffee kocht und dr Hefezopf von gestern uffgschnitta. Da Kaffee-tisch hab i ganz nett für ons zwoi eideckt. Han extra no an Wiesenblumaschtrauß für mei „Wildblume" pflückt und in d'Mitte vom Tisch gschtellt.

Zerscht hot se gar nix mit mir gschwätzt. Aber so nach und nach hot sich's wieder normalisiert. Was so'n Kaffee älles doch bewirka kann – zumindescht bei meiner Hilde.

So ganz allmählich hot sich wieder a normals Geschpräch entwickelt: Des Thema „Urlaub" hot mei Hilde nemme losglassa. Wenn se sich amol ebbes in Kopf gsetzt hot, aber des kennet ihr sicherlich au von drhoim, oder?
„Wer guckt denn nach onsere Himbeerla, wenn mir zwoi weg send?", hot se plötzlich laut nochdenkt. „Und moinsch du vielleicht, i überlass onsere Nochbar dia ganze Träubla, wenn mir zwoi em Urlaub send. 's ganz Joahr hot mer 's Gschäft drmit und ernta den 's no dia andere. Nix do!" Mir gings ganz ähnlich wia dr Hilde. I hab an des frischzapfte Bier vom Feuerwehrkommandant Ziegler denka müassa. Des Sommerfescht von onsera hiesiga Feuerwehr dät nämlich genau in onsern Urlaub neifalla. Und no kennt i mi gar ned mit meine Freund treffa und müasst ganz alloi mit meira Hilde so saudomm im Urlaub rommsitza. Des wär doch arg schad, han i für mi so denkt.

Mei Hilde isch halt scho a Gscheidle, denn dia brengt's letzschtlich doch uff da Punkt. „Hannes, schtell dir no au vor, wenn mir im Urlaub fort wäret, wer dät denn dann uff onserm Bänkle an dr Silberpappel hocka ond für ons ins scheene Schtauferland neigugga? Und wer dät denn dia herrliche Sonnaontergäng genießa?
Hannes, ganz ehrlich, miassa mir eigentlich in Urlaub fahra?"

Noi mir fahret ned in Urlaub, mir bleibet drhoim, denn drhoim isch doch am allerschönsta!

Orientalisches Hammhamm

Mei viel bessera Hälfte, Hilde, hot wia jedes Joahr am gleicha Dag Geburtstag. Weil se aber eigentlich scho älles hot, (sie hot ja schließlich mi!) hab i se gfrogt, was se sich denn zom Geburtstag wünscht.

's letzschte Mol, als i se gfrogt han, hot se sich ebbes Scheens für ihren Hals gwünscht. Und zom Schluss war se ganz enttäuscht, als i ihrm Wunsch entschprechend dia allerteuerschte Soif aus'm Supermarkt kauft han. Des Gschenk war grad für d'Katz, kann i euch saga. Und a Katz hend mir au koina! An Schmuck an da Hals na hätt se sich gern gwünscht und i frog ja scho emmer voher, denn i will ja nix verschenka, was ihr koi Freid macht.
Uff mei diesjähriga Gebursttagsgschenk-Frog erklärt se mir in ihrem beschta Hochdeutsch: „Aja, eine Frau, Hannes, eine Frau, hat emmer exklusive Wünsche, weißt du", als ob i des auf Schwäbisch ned au verschtanda hätt.

Do isch's mir gschwend aber ganz anderscht worda, hemmelangst wars mir. Womöglich will se des Joahr wirklich a neue Halskette. Aber des hab i im Vorfeld scho abblocka könna. I hab nämlich gsagt: „Liebschte Hilde, also a Halskette schenk i dir fei net, du hosch doch erscht zur Verlobung oine kriegt und schließlich hosch du doch bloß oin Hals. Was willscht du also mit zwoi Kettena?"

„Noi, für da Hals will i desmoal nix. Wie wärs? Schenk mir doch ebbes für mein ganza Körper."

„Also an Hosaanzug", hab i versucht, dia Sach zu konkretisiera. „Noi, Hannes, nix zom Anzieha, des kauf i mir scho selber, koi Sorg! A Wellnesswochenende wünsch i mir von dir und zwar mit meine Freundinna zsamma. Do werd dann i amol verwöhnt. Und zwar von Kopf bis zu de Füaß. Des kann ned schada. Für mei gschondana Seele a paar Schtreicheleinheita und für mei äußere Schönheit kann mer sicherlich auch no was do. In der ‚Sonntag aktuell' kommet emmer so scheene Angebote. Und im Schwarzwald gibt's fei ganz tolle Wellnesshotels, und i hätt mir da au scho ois rausgsuacht."

„So?! Und was soll des Wellness koschta?"

„Ach, des isch gar ned so deuer. Guck, des isch a ganz tolles Hotel in Zavelschtein und zu ma erschwinglicha Preis, und des sott i dir au wert sei – oder?"

Mei Regierung hot sich ohnehin scho mit absoluter Mehrheit für das Wochenende ausgschprocha, was will denn dann d'Opposition no ausrichta. So isch des halt in einer gelebten Demokratie.

Bereits d'Woch druff hot ihr Freundin Margret se am Freitag um Zehna abhola wella. Für ihr Verhältnis pünktlich, also kurz noch halber Elfe, isch se au scho mit de zwoi andere em Handgepäck mit quietschende Roifa bei ons in Hof reigschossa. No guat, dass 's Gartatörle offa war, sonscht dät des jetzt fehla.

Mei Hilde hot wella, dass älle no gschwend ausschteiget, denn sie häb für älle no an Kaffee gmacht.

An leera Kaffee goht bei meira Hilde natürlich ned. Dromm hot se zwoi kloine Blättla mit belegte Brötla und an große Hefezopf zom Essa nagrichtet. Mit „wer woiß denn, wann mir wieder ebbes zom Essa gkriaget" hot se ihre Freundinna uffgfordert, sie sollet sich setza und bediena. Und dann ging's los! Noi, abgfahra send se no lang ned, aber druff neigfahra. Des hättet ihr seha und höra solla. 's große Gschnadder isch losganga. Jetzt muss i euch amol ebbes froga: „Hän ihr des au scho amol beobachta kenna. Wenn vier Fraua om oin Tisch rommsitzet, kennet älle gleichzeitig schwätza und zuhöra. Respekt! Also, meine Freund und i kriaget des ned no. Im Gegateil, mir verschtandet ons auch ohne a Wort."

Etliche Kaffeehäfala schpäter war's dann endlich soweit. Hurra! Sie send tatsächlich losgfahra.

Aber natürlich erscht, nachdem mir mei Hilde nomol älles mündlich erklärt hot, was se mir ohnhin scho uffdraga hot. „Gell, denksch au ans Blumagießa vor und henterm Haus. Und im Kühlschrank schtoht no dia Supp, dia kannscht dir warm macha. Und denk au an onsere Breschdleng und an d'Bohna …" Ach war i froh, als des Gesumms in meira Schtub endlich a Ruah gebba hot. Dia wunderbara Ruah im Haus, des isch 's reinschte Wellness für mi, des sag i euch!

Dort im Schwarzwald ankomma, hend se au gleich d'Zemmer bezoga. Wunderscheene Zemmer mit einem herrlicha Blick übers Teinachtal und zur Burgruine von Zavelschtein.

Da se ohnehin scho schpät dran waret, hot sich mei Hilde in den kuscheliga Bademantel gschmissa. Der neue und großzügige Wellnessbereich isch so schee, do woiß mer gar ned, wo mer zerscht afanga soll. Ganz freundlich isch se dort empfanga worda. Und ihr wurde au sofort erklärt, wo älles isch. Sie soll sich eba jetzt noch eine Wellnessbehandlung aussucha. Entscheidungsfreudig wia en Schuahabschtroifer em Frühling, wie mei Hilde eba so isch, hot se sich dann a exklusives Hamam-Bad mit anschließender Schokoladamassage ausgsuacht. Des hot se mir nämlich älles am Obend am Telefon verzehlt.

Die erschte Behandlung ging au scho damit los, dass mei Hilde hot nackich uff so a Pritsche noliega häb müassa. No wär se mit so'ma sandiga Glomb abgrieba worda, dassrass schiergar ihr Haut ronterzoga häb. Des müasst so sei, häb dia Wärterin versucht zu erklära. Aber d'Hilde hot des ned gelta lassa. „Sie, Frau Fräulein, i ben fei koi Schlang, wo sich häutet. Sie höret sofort mit dem Bledsinn uff oder i vergess mei guata Erziehung." Und domit war aber no au scho älles gschwätzt und dia Behandlung war, bevor se überhaupt richtig losganga isch, scho fertig.

Als nächstes isch se in an andera Raum gführt worda. Meinera Hilde kam's anscheinend so vor, als ob des dia hiesiga Pathologie sei.

Denn in dem Raum schtand in der Mitte so en großer Seziertisch, wia mer'n im Fernseha emmer sieht. Wisset'r, mit so ma Ablauf am Fuaßende. „Do soll i mi drufflega? Do soll i Platz nemma? Sie, i leb' fei no! Was hend denn Sie mit mir überhaupt vor?", hot mei Hilde a weng eigschüchert gfrogt.

Als se no ghört hot, dass des dia Vorrichtung fürs Schaumbad sei, hot se no doch so viel Vertraua gfasst und sich doch bäuchlengs druffglegt. Des hot ra aber au ned gfalla, weil ihra der Schaum nämlich buchschtäblich d'Nas nuff isch.

Nach dene boide Wellnesserfahrunga hot mei Hilde dann dia reschtlicha Behandlung für beendet erklärt. Obwohl no Krallapflege, also Pedi- und Maniküre, bei ihra au no uff'm Programm gschtanda wär. „Dia ganze Behandlunga brauch i nemme, aber des orientalische Veschper, des kennet se jetzt brenga", hot se verlangt. Des Mädle am Empfang muass so überrascht guckt han, dass mei Hilde noch etwas deutlicher worda isch. „Dia ganze Behandlunga kennet se sich sonscht wo naschtecka, aber des orientalische „Hamm-Hamm", dia Schokoladamassage, will i jetzt sofort probiera, i hab nämlich mächdig Honger."

„Hannes, was soll i dir saga, mir goht's seither so richtig elend, aber so richtig", hot se bloß ganz leis ins Telefon neihaucha kenna. „Ja Hilde, war denn des orientalische Hamam ned guat?", hab i amol ganz vorsichtig nachgfrogt. „I woiß au ned, was dia andere emmer mit dem Wellness hend. Also mir

23

gohts nach dene Behandlunga so richtig elend, sauschlecht sogar. Koi Wonder, brauchet dia an Seziertisch. Im Nachhinein war's zwar guat gmoint, aber mir war's oifach z'viel Wellness. Hannes, dia Schokoladamassage war anfangs so angenehm, aber zum Schluss? Den ganza flüssiga Schokoladhafa ausdrenka, Hannes, i sag dir, des war nemme schee. Des hab selbscht i kaum gschafft. Richtig zwenga han i mi müassa, und des will was hoißa. Aber schlecht isch's mir jetzt, hondsliadrich. I woiß gar ned, ob i überhaupt mit meine Zussla zum Obendessa ganga ka."

Aber jetzt amol ehrlich, hend ihr mei Hilde scho amol erlebt, dass dia sich a guats Essa nauslässt? Freilich isch se zom Galadinner in d'Krone ganga. Dort kocht nämlich der Juniorchef, dr Franz Berlin, uff allerhöchstem Niveau. Des hot sich mei Herzblättle natürlich ned entganga lassa. „Schtell dir vor, Hannes", hot se mir vorgschwärmt, „do gab's Knödel zom Essa, und dia waret ned rond, sondern eckig und des Sößle, Hannes, da hätt i mi am lieabschta neilega möchta, so exzellent war des und überhaupt des ganze Menü, ein Gedicht." In deim Fall braucht mer aber an Haufa Soß, han i mir im Schtilla denka müassa.

Am Sonntag isch se ganz kleinlaut und no a bissle blass oms Näsle romm wieder hoimkomma, denn dia Weinempfehlunga vom Roland Berlin und dr Weinkeller an sich waret ebenfalls so toll, dass mei Hilde vermutlich a bissle tief in ihr Gläsle neiguckt hot.

Nach dem erschta Redeschwall, wia schee und guat's dort in Zavelschtein gwesa sei, kam se dann aber auf des Thema Wellness zu schprecha.

„Bevor i recht gwisst han, was des isch, hab i gar nix vermisst. Kurz drvor hab i ned gwisst, was mi drbei erwartet. Und seit i woiß, was des isch, brauch i's nemme. Und siehsch, Hannes, des isch grad so wia mit dir und onsera Ehe." So schließt sich wieder amol en Kreis. Quod erat demonstrandum.

Nächtlicher Ruheschtörer

Bericht vom nächtlicha Spaziergänger in der Bertastraße in Bad Boll

Also, i ben am a Obend so gega halb Elfe nomol mei Ronde glaufa. 'swar nadürlich scho donkel und om dia Joahreszeit entschprechend frisch. Do hab i vorm Haus Nr. 36 in der Bertastraße en Mann gega dia Eigangstür wettera höra. Er hot mit seine Händ uff dia Tür eingschlage und bös gflucht hot er au. Dr Hauseigang war ned beleuchtet, dromm hab i au ned viel gseha. Nur dia Omriss hab i eba seha könna. 's war mir recht oheimlich, deshalb ben i ganz schnell weitergloffa und von drhoim aus hab i no d'Polizei agrufa und dene älles erzählt.

Bericht der Familie Maier, Bertastraße 38, Bad Boll

Gestern Abend war i mit meira Frau bei guate Freund eiglada gwäsa. Mit dene hem mr im vergangena Sommer zsamma Urlaub gmacht. Es war ein so scheener Obend. Mir hend guat gessa, 's war luschdig und Bilder vom Urlaub hem mr aguggt ond natürlich viel glacht.

Irgendwann am Obend, vermutlich, als mir mit 'm Essa fertig waret und gschwend em Garta zom Frischeluft Schnappa drussa waret, 's wird wohl kurz noch halber Zehne gwäsa sei, muass mei Händi klingelt han. Des han i aber erscht a Schtond schpäter gmerkt, weil mir ja, wia gsagt, älle drussa waret und doderbei hab i 's Händi ned klingla ghört, weil's in der Handdasch von meira Frau war. Uff d'Mailbox isch nix nuffgschprocha worda.

Komischerweise war des aber an Aruaf von onserm Feschtnetzapparat drhoim. Aber jetzt haltet euch fescht, drhoim war ja zu dem Zeitpunkt gar niemand. Des hoißt, bloß onser Hond, dr Uras. Den hend mir am gestriga Obend alloi drhoim glassa. Aber seit wann ruaft denn mei Hond mir uff'm Händi a? Des war doch meh als komisch – oder? Wenn ebbes mit'm Hond gwäsa wär, hätt dr Hannes und d'Hilde an Schlüssel für onser Haus ghett. In solche Fäll hend dia scho öfters nach 'm Rechta gseha. Dr Hannes hätt ganz beschtimmt bei mir uff 'm Händi afgruafa oder wenigstens uff d'Mailbox gschprocha. Dromm hab i als allererschtes beim Hannes drhoim agruafa. Aber do hot koiner 's Telefon abgnomma. Sicherlich waret dia am geschtriga Obend au auswärtig.

Dromm hab i au nemme länger zögert und glei druff d'Polizei verschtändigt. Sie sollet doch bitte amol noch 'm Rechta seha. Unsere Nochber, dia sonscht au nach 'm Rechta gucket, wäret heut wohl ned drhoim. I dät mir aber ernste Sorga macha, dass bei ons drhoim womöglich an Eibrecher wär. Polizei muass dann au glei losfahra sei. Und tatsächlich hend se au a verdächtige Person, an nächtlicher Ruahschtörer, vor 'm Nochbarhaus feschtnemma kenna.

Polizeibericht, Polizeiposten Uhingen
Om 22.40 Uhr ging am heutiga Obend bei ons a Aruaf von Familie Maier ei. Sie hend agebba, dass sie im Haus in der Bertaschtroß

38 in Bad Boll wohna dädet. Sie wäret aber grad bei ma befreundeta Ehepaar in Rechberghausa eiglada. Obwohl niemand mehr drhoim sei außer 'm Hond, wäret se von ihrm Feschtnetzapparat uff 'm Händi agrufa worda. Sie moinet deshalb, dass es sich um einen Einbrecher handla könnt. Kurz drvor, genau um 22.35 Uhr erhielten wir einen weiteren Anruf durch einen Schpaziergänger, der vor dem Haus 38 in der Bertaschtroß in Bad Boll einen nächtlicha Ruheschtörer gmeldet hot. Om der Sach auf dr Grond zom Ganga send mir mit zwei Einsatzfahrzeug sofort in Richtung Bad Boll ausgrückt und hend des Haus 38 in der Bertaschtroß schon von weitem beobachtet. Dort war alles ruhig. Allerdings hend mir an Ruheschtörer vor am Nochbarhaus Bertaschtroß Nr. 36 atroffa. Er war nur mit ma Schlofazug bekleidet und ischt uff der Eigangstrepp gsessa. Er konnte sich logischerweise nicht ausweisen. Er redete unentwegt von einem bellenden Hund, der aber offensichtlich nicht vorhanden war, denn es war alles schtill. Er schprach au drvo, dass er sellen Hond zur Ruhe brocht häb, wia, welled mir gar ned wissa. Er schprach au unaufhörlich vom a Schlüssel, den er aber ned bei sich ghett hot. Auf dia Einsatzbeamte vor Ort machte der nur im Nachthemad Bekleidete insgesamt einen verwirrten Eindruck. Mit an Sicherheit grenzender Wahrscheinlichkeit handelt sich's bei dem um den durch da Schpaziergänger beschriebena nächtlicha Ruheschtörer. Möglichrweis hot 'r auch etwas mit dem Einbruchsversuch im Nachbarhaus zom do. Einbruchsschpura konntet am Haus

der Familie Maier, Bertaschtroß 38, zunächst keine festgeschtellt werden. Türa und Fenschter waret fescht verschlossa und au sonscht hot nix darauf hingedeutet, dass ein Einbruchsdelikt vorlag. Mir werdet ons des morga nomol bei Tageslicht genauer agugga.

Bevor Familie Maier am Tatort eintraf, hend mir den noch unbekannta Ruheschtörer in seinem oigena Interesse und zu dessa persönlicher Sicherheit mit uff d'Wache gnomma. Eine weitere Untersuchung ergab bei ihm 0,8 Promill Blutalkohol. Momentan haben wir ihn in der Ausnüchterungszelle, morgen früh werdet mir sei Identität festschtella.

Bericht vom nächtlicha Ruheschtörer

Geschtern ben i nach em Obendessa und ma guata Viertele Trollinger, vielleicht wars au a bissle meh, er war jedenfalls recht guat, aber was will mer vom Collegium Wirtaberg und von ihrm Kellermeister Martin Kurrle au anders erwarta, frieher ins Bett ganga. Mei Hilde war uff em Wellnesswochenende mit ihre beschte Freundinna. Em Fernseh isch nix rechts komma, bloß so komische Krimis. Mol ehrlich, dia Handlunga send doch emmer so an de Hoar herbeizoga. Da passieret emmer so verrückte und wilde Sacha, di däded im richtiga Leba doch niemols so ablaufa. So ebbes will ich ned mit agugga. No han i denkt, no gohscht halt mol frieher ins Bett als sonscht, versäumscht ja eh nix.

I ben no au rasch eigschlofa, aber kurz noch halber Zehne hot der Nochbarshond von Maiers, dr Uras, so schrecklich bellt, dass i uffgwacht ben. Des han i mir no a Weile aghört und als des ned besser worda ischt, ben i mit 'm Ersatzschlüssel von Maiers amol nomm ganga, om nach 'm Rechta zom Gugga.

Scho vor viele Joahr hend ons Maiers en Hausschlüssel avertraut, dass i emmer, wenn sie ned do send, nach ihrm Haus gugga soll. Scho oft han i dene ihre Bluma gossa und da Briefkaschta gleert, wenn se im Urlaub waret. Uff jeden Fall hab i den Schlüssel aus der Schublad gholt und ben, 's war scho donkel, kurzerhand im Nachthemd nomm zo Maiers. Dr Uras, ihr Hond, hot scho mit Bella uffghört, als er meine Schritt vor der Tür ghört hot. Aber i ben dann doch nei und han nach 'm Rechta seha wella. Schwanzwedelnd hot er mi begrüßt und isch an mir nuffgschpronga. In dem Moment muass mir dr Haustürschlüssel von Maiers nondergfalla sei, i hab's gar ned glei gmerkt. Kurzerhand han i uff 's Maiers Telefon Feschtwahltaschte „Michael-Händi" druckt, bloß zom Saga, dass i gschwend im Haus war, weil dr Uras so bellt häb ond dass älles in Ordnung sei ond sie sich koine Sorga macha müasset, falls no an anderer Nochbar bei ihne agrufa hät.

Der Michael hot aber sei Händi ned glei abgnomma. In dem Moment duat's bei mir drüba en meim Haus en jenseits Schlag. Dromm han i schnell den Hörer uffglegt, noch bevor i überhaupt ebbes han uff di Mailbox schprecha kenna.

Als i drüba ankomma war, han i leider feschtgschtellt, dass der riesige Schlag so en Malefiz-Luftzug war, der mei Haustür zuagschmissa hot. Dommerweis han i mein oigena Schlüssel, müad, wie i war, drhoim vergessa.

Dann han i denkt, koi Problem, dann gohscht halt wieder zu 's Nochbrs nomm.

Aber dort akomma, war di Tür au zua. Vermutlich han i beim Rommschprenga dera Tür soviel Schwung mitgebba, dass au dia ins Schloss gfalla ischt.

Und jetzt ben i dogschtanda: boide Türa zuagschlaga, koin goziga Schlüssel in der Tasch (in welcher Tasch au?), em kurza Hemd und kalt war's drzua au no.

S-U-P-E-R! Im erschta Moment der Verzweiflung ben i wieder zrückglaufa und han an mei Tür naboggelt, aber 's hot ja koin Sinn gmacht, dadorvo isch se ja schließlich au ned uffganga. Mei Hilde war ja no ed do.

Do sieht mer 's moal wieder, wenn mr dia Fraua am nötigschta braucht, send se halt nia do. Mei Hilde rekelt sich in verschiedene Saunas und Dampfbäder romm und i frier mir hier oin ab. Die Welt ischt hart und ungerecht, aber vor allem kalt – uuuaahh, saukalt sogar!

Nach kurzer Zeit han i dann mei Gejammer au sei lassa, i wollt au uff koin Fall meine übrige Nochbar drbei no uffwecka oder womöglich uff mei misslicha Situation uffmerksam macha. Nach relativ kurzer Zeit schtand plötzlich d'Polizei do. I hab se ned gruafa, aber au guat.

Deine Freunde und Helfer. Endlich! „Mensch toll, dass ihr kommet und mir helfet", hab i se freudig empfanga. Jetzt machet di mir beschtimmt mei Haustür wieder uff, han i denkt. Dann kann i endlich wieder in mei warmes Bettle neischlupfa und weiterschlofa. Aber nix do, dia hend mi oifach mitgnomma. I hab versucht, uff dia eizomschwätza wia auf 'n kranka Gaul. I hab dene wirklich älles verzehlt, wia älles passiert isch. Dass dr Nochbarshond ewig bellt hot ond dass der Uras jetzt wieder schtill war wia en Waldfriedhof nachts am dreiviertel Zwölfe. Aber dafür kann i doch nix. Und weiter hab i gsagt, dass i meine Schlüssel verlora hab und dia oigene Schlüssel no im meim Haus liega dädet. Glaubet ihr, die hättet mir des au nur asatzweis glaubt? Des hot dia Beamte überhaupt nicht interessiert. Aber ned amol d'Schtang zu de Bohna. Em kurza Nachthemd hend me dia mit uff d'Wache gschleppt. Und behandlet hend dia mi, wie wenn i ned ganz sauber wär. Ja, hend dia emmer zu mir gsagt, ja, Sie hend Ihre Schlüssel verlora. Ja natürlich, und der Hond hot au ganz schrecklich bellt. Ja, mir hend ons jo alle vor Ort davo überzeuga kenna. Ja, selbstverschtändlich! Schtatt dass dia mi wieder hoimlassa hend, hend dia mie kurzerhand in a Ausnüchterungszelle gschperrt. Schtellet euch des amol vor. I, dr Hannes von Boll, in Polizeigewahrsam.

Und zom guata (?) Schluss ratet bitte amol, was dia Polizischta zu mir gsagt hend?

So a fantasievolla und wilda Gschicht, wia i mir do häb eifalla lassa, hättet sie in ihrm ganza Leba no nia ghört. Sowas kann doch niemols passiera. Solche Gschichta dät 's im beschta Fall – und wenn überhaupt – bloß als Krimi im Fernseh gebba.

Scheene Freundinna

Mei Hilde, mei andere und deshalb auch weitaus bessere Ehehälfte hot vor kurzem dia Idee ghett, dass se ihre „beschte" Freundinna zom Abendessa eilada möcht. Da aber mei bessere Ehehälfte weniger 's Kocha von ihrer Mutter als eher 's Drenka vom Vater glernt hot, isch es mit ihre Kochkünste halt ned so weit her. Egal, Eiladung isch Eiladung ond jetzt kocht se scho seit Tagen, manchmol auch vor Wuat. Denn älles, was se ausprobiert, wird nix. Selbst dia Päcklesschpätzle werdet auch nach längerem Anbrata in der Kachel oifach ned woich. Sie woiß sich bald koin Rat meh, was se überhaupt kocha soll.

Als se wieder amol ganz verzweifelt isch, muass halt i herhalta. „Hannes, du könntescht mir doch au helfa und saga, was i kocha soll – oder." – „Wenn i dir dia Frog beantworta soll", entgegne i, „dann, lieba Hilde, solltest du mir vorher saga, was du überhaupt kocha kannscht!" Ohne zu überlega, moint se: „Belegte Brötla und Butterbrezla kann i am beschta kocha, aber meine Freundinna will i ebbes Warmes servira. Mit ma Kochbuach und Rezepte müasst i doch eigentlich au ebbes zwegbrenga", moint se plötzlich ganz von sich überzeugt.
„Bloß, wo send denn dia Malefiz-Kochbücher!" Emmer, wenn mir di amol braucht, scho goht dia Sucherei drnach los. So isch halt no au wieder, wenn mer scho lang ebbes nemma braucht hot. Aber worom find i denn mei Hilde dann eigentlich emmer glei wie-

der? Egal! Mir hend na no a Kochbuach gfonda. Im Bücherragal ganz henta. „Kochen – leicht gemacht" schtoht in große rote Buchschtabe druff. Na also! Dann kanns ja ned so schwer sei, denkt sich mei allerliebschde Hilde.

Bloß, was soll i jetzt aber au kocha? Dia Auswahl ischt ja riesig groß. „Und zu allem Überfluss, verflixt, worom müasset dia Abkürzunga im Kochbuach au emmer so unverschtändlich sei", bruddeld se ganz leis vor sich no. Oi „TL", was kann denn des bedeuta? Oi TL? Des hoißt doch beschtimmt oi Traktor-Ladung voll? Aber so viel Freundinna hab i doch gar ned eiglada. Des send doch bloß, an de Fenger zählt se's rasch ab – d'Margret, d'Lina, d'Gerde, d'Els ond i – fempf. Also, dann lass i doch sicherheitshalber älle Rezept mit dera „TL"-Menga-Agab oifach weg. Denn des schaffet mir zom Essa im Leba nia. Wobei, bei meira Hilde wär i mir do ned so sicher! Aber was mer dodran eba au schee seha kann, mei Hilde isch ned domm! Dia woiß sich z'helfet. Sie isch eba sehr praktisch veranlagt.

Dann kommt aber scho di nächschte Schwierigkeit uff mei Lieblingsköchin zua. In oim Rezept schtandet drei Päckla Backpulver, im andera soll mr für da gleiche Nochtisch bloß zwoi nemma. Was macht mei Hilde? Sie kann sich wia emmer ned so richtig entscheida und nemmt dann koine zwoi und au koine drei, noi – fempf Päckla! Des mit dem „arithmetischa Drittel" muass i halt meiner

Hilde in ra ruhiga Schtond nomol erklära. Aber! Auale, wenn mir so ebbes passiert wär! I sag's ja bloß! Den Backofa, den hättet ihr nochher amol seha solla. Wia nach ma Bombaaschlag hot der ausgseha. Ob i den jemols wieder sauber krieag oder glei an neua kauf, i woiß es momentan noch ned. An Versicherungsfall kann i vermutlich nemme draus macha, denn dadrzua han i mei Hilde oifach scho z'lang im Gebrauch.

Seit Tagen gruabelt se bloß no in ihra Kücha romm. Dag und Nacht probiert mei Schterneköchin neue Rezepte aus. An Schlof isch gar nemme zom Denka. Des Wort „Schterne-Köchin" hot für mich seit a paar Däg a ganz neua Bedeutung. Ihre scheena Eigla fallet ihra emmer wieder zua. Aber sie will obedengt ihre lieabe Freundinna bekocha, und des ischt halt ned so leicht. Seit einige Nächt kann mei Hilde vor lauter Uffregung au scho nemme schlofa.
Deshalb wars für mi koi Wonder, dass i am Freitagmorga, an dem Dag, wo ihre scheene Freundinna abends hend komma wella, dr Notarzt han rufa müassa. Diagnose: Schwächeanfall und akute Übermüdung.
Da gab's ned viel zom Verhandla, dia hend d'Hilde uff der Schtell und sogar freiwillig(!) mitgnomma. Zur Überwachung soll se am beschta a paar Dag im Krankahaus bleiba. Aber des saget dia halt so! Dia kennet mei Hilde ned. Wenn 's Göschle von meira Frau erscht amol wiederbelebt ischt, jede Wette, dann brenget dia mei Hilde poschtwendend

mit Martinshorn und Blaulicht genauso frei-
willig wia au schnell wieder zrück.
Mei lieba Hilde hot von dem Dag an nix me
mitkriagt und im Nachhinein, glaub i, war's
au sehr guat so!

Denn pünktlich a halbs Schtöndle z'schpät
wia emmer send älle Freundinna glück-
schtrahlend in onsera Eigangstür gschtanda.
Erscht in dem Moment ischt mir siedichhoiß
eigfalla, dass i ja eigentlich hätt absaga müas-
sa. Vor lauter Notarzt und Uffregung hab i
des vergessa. Freilich hab i mir au Sorga
gmacht, natürlich macht mr sich in so ma Fall
Sorga, wia des Krankahauspersonal mit so ma
„schwerwiegenda Notfall" klarkomma kann.
Sei's, wia's will, uff jeden Fall hab i eba ganz
vergessa, des Essa mit ihre liebschte Freun-
dinna an dem Obend abzomsaga.

Bevor i überhaupt ebbes han saga kenna, hend dia herzensguate Freundinna au scho an mir vorbei ins Haus reidruckt wia jeds Joahr im Wenter d'Kälte. A jede hot im übriga ebbes zum Essa mitbrocht, des wär doch selbstverschtändlich und „onter guate Freundinna", hot d'Margret gmoint, „hilft mer doch zsamma". Und scho ging's Gschnader ohne a Pause und Lufthola weiter. Zeitweis hend älle sogar gleichzeitig gschwätzt. In der Zwischazeit hab i da Esstisch für dia Dame eideckt und a Gläsle Sekt für jede eigschenkt. Zom Essa hot's richtig guate Sacha gebba. In dem Moment han i traurig an mei Hilde denke müassa, was sui jetzt wohl zum Essa krieagt. Wenn überhaupt! Mei Uffgab am Obend war aufs Nochschenka beschränkt und ansonschten hab i dia Dama gar ned gschtört. D'Geschpräche musst i zum Glück ja ned in Gang halta, des ging ganz von selber. Seither woiß i au, was a Perpetuum Mobile ischt.

Erscht ganz zum Schluss, nachdem dia aller-aller-beschte Freundinna meiner Frau sich scho von mir verabschiedet hend und bereits glücklich und beschwingt wieder aus onserm Gartatörle drussa waret, ischt dr Else na doch no uffgfalla: „Hannes, wo ischt eigentlich dei Hilde ane, dui fehlt doch scho da ganze Obend?" Ohne überhaupt a Antwort meinerseits abzomwarta, send se gackernd wia em Ehles-Frieders seine Henna a Hauseck weitergschlendert und rufet: „Schee war's bei euch und sächsch deira Hilde bittschee au an Gruaß, wenn dse wieder mol siehscht!"

I schtand no a ganz Weile in der Tür und lass den Obend no a bissle in mir nochklinga. Erscht, als i gar nix me von meim Bsuach seh und au nemme hör, dreh i mi om und gang wieder nei ins Haus. In dem Moment denk i au wieder an mei lieba Hilde und wie's dera jetzt im Krankahaus wohl so goht. Aber oin Gedanke lässt mi da ganze Obend nemme los und zwar: Scheene Freundinna!

Heut isch so a scheener Dag

Drletzscht war i mit meira, wie sie so gern betont, weitaus bessera Hälfte, meira Hilde, amol wieder im Schtädtle.

Mir aus Bad Boll kommet ja au ned so oft in d'Schtadt. Deshalb isch des emmer was Bsonders. „Und heut sei so a scheener Dag, do muass mr doch amol wieder onder d'Leut", hot se gmoint. Es war mittla em Sommer und i han mir denkt, dass mir sicherlich in dia scheena Gardawirtschaft sitzed, wisset'r, do, wo's des natürtrübe AlbWirtBier und die guate Göckela gibt.

Aber do sem mir schnurschtracks vorbeigloffa, schließlich isch Sommerschlussverkauf, moint mei Hilde kurz, und des gibt's ned so oft. Uffdass i auf koine andere Gedanka komm, hot mei Hilde mi au ganz fescht an dr Hand packt und gradwegs in die mir verhassta Fußgängerzone neizerrt. Denn sie hot natürlich scho gmerkt, dass es mi lieber noch lenks in dia Gartawirtschaft zoga hätt. „Augennnnn geeeeerrradeeaussss!", hot se mi mit ihrm knappa Militärschargon agschriah, dass i fascht verschrocka wär.

I han se natürlich prompt gfrogt, was des jetzt soll. „I will dir bloß kurz ebbes zeiga", gibt se mir zur Antwort. Also guat, han i mir denkt, wird scho ned so lang daura, 's isch ja au bald Mittag und ordentlich Hunger ond Durscht han i au scho.

Als se no aber in dia Kloiderboutique in der Nähe vom Schillerplatz abboga ischt, hab i geahnt, dass des heut ebbes längers nogibt. Se will sich a netts Blüsle kaufa, vielleicht in hellgelb oder flieder. Dia Farba dädet ihra doch so guat schtanda. Apropo schtanda, jo des ben i no dia nächschta gschlagene Schtond, und zwar vom rechta uff de lenka Fuaß. Natürlich hot mei Hilde koi Blüsle gfonda, wo in der Farb für sie basst hätt. Und wenn's d'Farb tatsächlich gwäsa wär, no wär's ned die richtig Größe gwä oder d'Schnittform hätt ihre schlanka Taillie ned entschprechend betont. Kurz und guat, en dem Lada hen mir nix gfonda, d'Hilde koi Blus und i nix zom Drenka!

„In dem Lada han i sowieso no nia was für mi gfonda!", moint mei Hilde so beiläufig beim Nauslaufa.

Im feschte Glauba, dass mir jetzt zur Garta-wirtschaft zrücklaufet, wollt i dia ohnehin gereizte Schtimmung bei meiner Hilde ned no zusätzlich aheiza. Aus dem Grund han i uff mei, wia i fendt berechtigta Frog, worom mir dann über a Schtond in dem bleeda Lada zubrocht hend, wenn se doch eh nia ebbes drenn gfonda hot, gänzlich verzichtet.

Aber ned dass ihr denket, i wär jetzt zu meim heißersehnte Göckele komma. Noi, mei Hilde kennt jo no viel meh Läda in der Schtadt. Mr muass bloß lang gnuag suacha, no fend mer scho des, was mr au will, gibt mei Hilde, an mi grichtet, ihr allererschte Durchhalteparole aus.

Wia i grad über den Satz meiner Hilde beim Aneschieba so nochdenk, muass i meira Hilde beipflichta. Ja, mei Hilde hot doch völlig Recht. Hätt i mir mit meira Partnerwahl au a bissle meh Zeit glassa, no hätt i beschtimmt au was Rechts und vor allem ebbes Passends für mi gfonda.

's Bruddla kann i mir jetzt nemme ganz verkneifa und mach scho amol uff mein knurrenda Maga aufmerksam. „Jetzt komm, schtell de ned so a!", hot se zo mir rommbäfft. Was hoißt denn do ned so aschtella? Natürlich hen mir ons agschtellt, und zwar boide in dia Wartaschlange vor dem Lada in der Fuaßgängerzone. An dem Dag hot's offensichtlich ebbes omsonscht oder a bsonders Schnäppchen gebba. Was es war, hen mir von do henda in der Schlange allerdings ned seha könna. Aber offensichtlich muass es was Tolls sei. Insgeheim hab i scho uff a kühles Freibier oder a süßes Heferadler ghofft.

Nach ra weitera Schtond in der brütenda Hitze und ohne au no a bissle Schatta war's mittlerweile scho kurz vor halb Zwoi. Mir waret in der Warteschlange no koin goziga Meter weiterkomma und send in dera sengenda Hochsommerhitze emmer no uff dr gleicha Schtell gschtanda. Ohne Schatta und ohne oin Schluck zom Drenka! Do hot selbst mei Hilde a Einseha ghett. Sie isch in da nächsta Lada ganga.

Zu mir hot se aber gsagt, i soll am beschta amol do schtanda bleiba, om wenigschtens den Platz zom Sichara, mr wisset ja ned, wenn's wieder weitergoht, und dann wäret mir ja ganz vorna mit drbei. Wie gsagt, mei Hilde isch oi Hauseck weiter und kommt für ihre Verhältnisse nach relativ kurzer Zeit, d'Schtadtkirch hot grad Drei gschlaga, schtrahlend mit ama riesa Huat uff ihrm Moschthäfele wieder zrück. Im reinschta „Hildehochdeutsch" erklärt se mir dann: „Mit dieser Kopfbedeckung, mein lieber Hannes, können wir jetzt auch zur Rennwoche nach Iffezhausen, nicht wahr?" Und weiter ergänzt se, dass sie sich vorher scho denkt hätt, dass sie in der Sonn doch a Kopfbedeckung bräucht. Denn mr wisst jo ned, wann's in der Schlange weitergoht.

Mittlerweile hab i au des Magaknurra bei mir nemme ghört und gleichzeitig kam ein lähmendes Gefühl der Lethargie und Gleichgültigkeit in mir uff. Der Biergarta war in meine Gedanka jetzt so weit weg wia d'arme Eisbära in der Wilhelma vom arktischa Eis.

Hilde wollt bloß no gschwend was bsorga und i soll onser aussichtsreicha und guata Position in der Warteschlange in jedem Fall halta. Vermutlich war i scho von der Hitze leicht benomma, i woiß es oifach nemme so genau, i konnt verbal oifach nix mehr entgegasetza. Mei Hilde isch jedenfalls in da nächschte klimatisierte Lada zom Shoppa abboga. Und von do an hab i se nemme gseha.

Dass se dort ihr Freundin Margret troffa hot, die sie scho ganz lang nemme gseh hot, hab i erscht schpäter mitkriagt. Freilich, wenn mr sich scho sooo lang, nämlich seit geschtern Obend nemme gseha hot, no gibt's bei dene Fraua ebe emmer ebbes zom Vrzehla. Dromm hend sich dia Fraua au glei in des nächschte Schtroßakaffee unter dia schattenschpendende alte Kastania gsetzt. Und bei dem Pläuschle, bei Kaffee, kalte Getränke und ma großa Schtück Sahnetorte hot se oifach alles vergessa. Sie hot völlig vergessa, weshalb se in der Schtadt isch, dass se eigentlich a Blüsle kaufa will, von mir ganz zu schweiga.

In der Zwischazeit hot dia Sonn, dia Hitz und vor allem dia fehlende Flüssigkeitszufur bei mir zu ma akuta Kreislaufzsammabruch gführt. I woiß nemme, wia's war, aber plötzlich muass i zsammagsackt sei. Meine Auga hätt i verdeht und bloß no wirres Zeug an d'Leut nagschwätzt. Schpäter hend se mir berichtet, dass i in einer Art Fatamorgana emmer von meira **lieba** Frau erzählt hätt, dia glei wieder zu mir kommt.

I ben total geschockt! Leut, aus heutiger Sicht kann i des überhaupt ned nochvollzieha, dass solche Worte über meine Lippa komma send. Dass es bei mir amol so weit komma kann, dass i von meira „lieba" Frau schprech oder no viel schlemmer, dass i mir mei Frau sogar

43

herbeiwünsch, wo se doch glücklicherweis grad amol weg ischt und ned uff mi eibrägelt.

Leut, Leut, i kann euch saga, do kann mer erscht amol seha, was so an Sonnenschtich älles bei oim arichta kann.

In jedem Fall gibt's au no hilfsbereite Mitbürger. Denn irgendoiner hot für mi da Notarzt gruafe, der anscheind au schnell do war. Mit kräftigende Infusionen und guatem Zureda hän di mi in mei genauso trostloses wie vertrautes Leben wieder zrückgholt. Nach weitere dreißig Minuten han i bereits wieder auf meine oigena Füaß schtanda könna.

Aber erscht, als der Notarzt wieder weg und i wieder halbwegs bei Sinnen war, hab i gmerkt, dass i mutterseelaalloi in dera Fuaßgängerzone gschtanda ben. Alle Schauluschtige und die übriga Passanta waret plötzlich weg. Als ob se niemols do gwesa wäret, war au mei Warteschlange oifach verschwonda. Nach kurzem Überlega han i au schnell gwisst, worum. Älle Läda hend scho vor über a Schtond gschlossa. Aus dem Grund werd i vermutlich au nie mehr in meim Leba erfahra, was es dort in dem Lada so Günschdigs zum Kaufa gebba hot. Naja, mit dem Schicksalsschlag muass i jetzt zrechtkomma und eba versucha, mutig weiterzuleba.

Weil mi neba dem hämmernda Kopfschmerz plötzlich au wieder so an leichta Schwindel packt hot, hab i mi schräg gegaüber uff des Parkbänkle gsetzt, um kurz auszuruha. Vermutlich muass i dobei aber eigschlofa sei, denn als i meine Auga wieder uffgmacht han, war's nämlich bereits donkel in der ganza Schtadt, und dr guate Mond hot älles wunderbar beschiena. Offensichtlich muass i aus ma tiefa Traum erwacht sei, denn i ben regelrecht verschrocka, als plötzlich a engelsgleiches Wesa von ra Frau im donkla Nix vor mir gschtanda ischt. Noi, mei Hilde war's ganz sicher ned. Do ben i mir ganz sicher. Denn dia geheimsvolla Frau hot neba mir a Euroschtück uff dia Parkbank glegt und isch ohne a Wort zom Saga wieder in dr nächtlicha Donkelheit verschwunda.

So gern hätt i dia wunderscheena Feagschtalt no a Weile bei mir ghett und se oifach bloß aguckt. Denn des war für mi so en Moment, wo Traum mit dr Wirklichkeit inanander verwemmt und mr am lieabschta aus dem wohliga Gfühl gar nemme uffwacha mag. Erscht jetzt, als sich meine Auga an dia Donkelheit a bissle besser gwöhnt ghett hent, hab i gmerkt, dass uff meira Bank neba meim Kopf ned bloß der Ein-Fea-Euro, sondern no ganz viele andere verschiedene Cent-Schtücke glega send. 5erla, 10erla und 20 Cent, sogar einige 50 Cent-Schtücke waret dabei; insgesamt knapp 5 Euro.

Als i mit Geldzähla fertig war, hab i älle Geldschtückla in mei linke Hosadasch neifalla lassa, denn d'Hilde hot mir vorsorglich, wie se eba ischt, mein Geldbeutel scho morgens in der S-Bahn aus Sicherheitsgründ abgnomma. „'s kennt jo klaut werda – ond dann?", hot se gsagt. Mittlerweile war's kurz vor Mitternacht, als just in dem Moment zwoi mir bekannte wie auch überaus fröhlich gelaunt schetternde Frauaschtemma dia Fuaßgängerzone ronterkomma send. Aufgschreckt und hell wach wia nach ma eiskalta Wasserbad

wird mir in Sekundabruchteile mit allergröß-
tem Bedauera klar, dass mei wunderscheenr
Featraum wia a Soifablos damit für emmer
und unwiederbringlich platzt war. A kuschligs
sich no amol Einfühla, wenn mer seine Auga
nomol schließt, war jetzt unwiederbringlich
zerschtört. Denn es waret unschtrittig mei
Hilde und ihr beschta Freindin Margret. So
guat wia dia boide druff waret, hot's do nach
m Kaffee und dr Sahnetorte am Abend in
meiner Lieblingsgartenwirtschaft ganz sicher
au no a zünftiges Veschper, a Göckele und so
manches Bier oder Viertele für meine zwoi
„Liebschte" gebba.
Als mi dia zwoi Hochseefregatta in ihrem
Bordradar erfasst ghett hen, hen se au scho
Kurs uff mi gnomma und hend direkt uff mi
zughalta. Bevor i meinerseits überhaupt in
der Lage gwesa wär, mein austrocknata
Mund überhaupt uff-zmacha, brägelt mei
Hilde natürlich scho los: „Ach, Margret, des
war doch heut wieder amol an scheener Dag
für ons zwoi. A Blus han i heut zwar koina
gfonda, aber nächscht Woch isch au wieder n
Samschtag, und do gönnet mir ons wieder
moal was."
Und dann an mich gwandt: „Mei liebschter
Hannes, heut war so a wunderscheener Dag,
des hot dir doch beschtimmt au recht guat
gfalla, gell!"

Schpeckcroutons, aber bitte ohne Schpeck!

Mit meira viel bessera Hälfte Hilde war i wieder amol ema guata Restaurant zom Essa. Vom letzschta Geburstag her hot mei Hilde no an *Schlemmergutschein* von ihre Freundinna ghett. Den hot mer sowohl em Badhotel in Bad Boll wia au em Lamm in Scharnhausa eilösa kenna. Weil mir's Badhotel scho guat kennet, send mir des Mol uff d'Fildera gfahra, om ons des amol azomgucka.

Für Samstagabend hab i für mei Hilde und mi telefonisch an Tisch reserviert. Des nette Fräulein am Telefon hot extra gfrogt, ob mir bei scheenem Wetter gern uff der Terrass drussa sitza wellet. Des fand i sehr aufmerksam und han des au gleich beschtädigt, denn schließlich isch ja Sommer.

Es war dann soweit, es war, wia gsagt, Samschdig! Und am Samschdig isch bei meira Hilde scho seit Joahr und Dag Badedag. Dromm hot d'Hilde zerscht ausgiebig badet, was beschtimmt au nötig war, wem mr bedenkt, wie viel Mugga om dui rommgsirmmlet send. Wobei Mugga? Mugga hot's ja sonscht au ned grad wenig! Aber was soll i eich saga? Bis bei dera älles nass worda isch, was bei dera nass werda muass, Leut, was mei Hilde Wasser vergötzelt hot! Wenn i do bloß an dia Wasserrechnung denk, wird's mir jetzt scho ganz flau em Maga.
Für's Abschpritza von dr große Elefantenherde in der Wilhelma brauchsch ned meh Wasser. Während i no dia jenseits Pflätsche im

Bad oimerweis uffgschwischt han, han i für mi so denkt: Hilde, wenn i di so en dr Badwann rommpfladera sieh, no hosch du Ähnlichkeit mit no ganz andere Tierle aus der Wilhelma. Mensch, wia hoißet dia jetzt no amol, dia netta ... ach! Grad han i's no gwisst, saberloddich! Wisset'r, des send dia do, di emmer so em Wasser rommschwemmet. Ihr kennet dia doch älle. Dia machet emmer so a laut's Gebell. Walrösser! Ja, wia a Walross sieht mei Hilde in der Badwann aus, jetzt isch mr's wieder eigfalla!

Als mir no boide em Bad fertig waret, d'Hilde mit dr farblicha Geschtaltung ihra Außafassad und i mit'm Abbomba von dera riesagroßa Seeaplatta von onsere scheena Bodafliesa, schtellt se sich grottabroit vor ihren Kloiderschrank no und suacht sich a passends Kloid für da scheene Abend.

Ha Leut, was soll i eich saga, dia hot en ganza Schrank voll. „Nix zom Oziega." En älle Größana ond Farba hengat do Röck, Blusa, Hosa, Dirndl und was woiß denn i, was älles do drenn isch. Ond no schtohts se mit ma Grinsa drvor na – und des Grinsa uff em Gsicht, des nemm ich ihr persönlich übel! – ond sächt: „Schatz? Schatzilein? Hannes, mei Beschter? Du, i han gar nix me zom Aziehn! I muass erscht amol mit meiner Freindin Margret wieder amol ins Schtädtle zom Eikaufa." Ha, do schlag mi dochs Blechle i han bloß oi gozigs Häs und des fürs ganza Joahr!

Frisch gwäscha ond endlich azoga semmer dann losgfahra und waret überrascht, wia schnell mir in Scharnhausa waret. No vor der Zeit, kurz vor halb siebena, sem mir dort freundlich empfanga und an onseren reservierta Tisch uff dr Terrass gführt worda.

Aber dia Rechnung hot dia freundlicha Servicekraft natürlich ohne mei Hilde gmacht. Als dui nämlich nomol ins Restaurant neiganga isch, om für ons d'Schpeise- und Getränkekarta zom hola, schtoht mei Hilde postwendend uff und setzt sich an en andera Tisch. „Do hanna bleib i fei ned sitza", hot se mi bloß kurz informiert. „I will lieaber an dem andra Tisch do drieba in der scheena Abendsonne sitza." Des unübersehbare Reserviertschild auf'm vermeintlicha „Lieblingstisch" von dr Hilde hot se kurzerhand oifach oin Tisch weitergschtellt. D'Hilde hot gmoint, des wär sicherlich von Anfang an onser reservierter Tisch gwesa, dia jonga Bedienung, ganz sicher a Auszubildenda, hätt sich beschtimmt girrt.

Kurz druff isch dia netta Auszubildenda mit dr Schpeiskarta ond ma fragenda Gsicht zu ons herkomma. Doch bevor dui überhaupt ebbes hot saga könna, isch ihra d'Hilde scho zuvorkomma. D'Hilde hot ra erklärt, dass mir jetzt am richtiga Tisch sitza dädet. Sie soll sich nix drauß macha, aller Anfang sei bekanntlich schwer und bei so viele Tisch kann mer scho au amol durchananderkomma und sich irra. Des wär au gar ned schlemm, mir saget's au auf koin Fall ihrer Chefin. Schpäter, als mir ganga send, hend mir dann erfahra, dass dia netta Azubine d'Restaurantleiterin von dort ischt. Na ja, egal!

Mei herzensguata Hilde hot no ned amol d'erschte Seite mit de Apertif durchglesa ghett, als i mei Schpeisekarte bereits zugschlaga und wieder uff da Disch glegt hab. „Hannes, des kann omöglich sei, dass du scho alles glesa hoscht!" – „Schtemmt", hab i beipflichtet, „i hab aber scho ebbes gfonda, was mir schmeckt." – „Hannes, du muasch aber zerscht älles lesa, vielleicht gibt's no ebbes, was du lieaber möga dädescht." – „Am ällerlieabschta, Hilde, mag i doch di, mei siaßes Schtückle, und wenn i na no ebbes in der Schpeiskart gfonda hab, was mir schmeckt, dann ben i doch zfrieda."
„Was isscht du denn?", frogt se dann no ganz wonderfitzig. „Maultascha ess i, überbackene Maultascha mit Kartoffelsalat." – „Ah, des wedd i ned, des machet mir doch au oft

drhoim!", schallt's mir postwendend zrück. „Willsch ned nomol gucka, ob da no ebbes Bessers fendeschd?"

A „bissle" schpäter, dr Scharnhäuser Kirchturmuhr hot grad halber Achte gschlga, do hot die alleröberschte Entscheidungsinstanz in onserm Haushalt bereits scho gwisst, was se essa will. „Fräulein, Fräulein", fängt se ganz uffgregt an, „ich hätt gern dia Vorschpeise mit dem Rinderkarpatscho bschdellt. Gibt's des vielleicht au als vegetarisches Gricht? Noi? Des isch jetzt aber schad, dann nemm i vielleicht doch lieaber dia Supp oder doch dia Vorschpeisavariation. Gell, bei dera Vorschpeis isch so Oziefer drbei?" – „Ungeziefer, ich bitt Sie, mir servieret Ihnen doch koi Ungeziefer!", isch dia netta Servicekraft ganz entrüschdet. „Mei Frau moint, Krabba", schalt i mi kurz ins Geschpräch ei. „Genau so hoißt's, Hannes! Und des Oooziefer mag i ned!" Nach ra kurza Zeit des Nochdenkens frogt mei Hilde dann: „Hmmm, gibt's dia Feschdagssupp mit Flädle, Maultäschla und Grießklößle auch ohne Maultäschla und Grießklößle?" D'Bedienung frogt druff a bissle konschderniert, ob se denn gern a Flädlessupp will. „Noi", moint d'Hilde, ihr wär so a Feschdagssupp aber bloß mit Flädle scho lieaber als bloß a gwöhnlicha Flädlessupp, und außerdem dät se Flädlessupp emmer jeden Sonndig selber macha.

Zum Hauptgang hot d'Hilde a Rinderfilet beschtellt. Aber ned wia in der Kart mit Kräuterbutter und Pommes, sondern mit Schpätzle und viel Soß. Und schtatt'm Gmüas hätt sie gern an Blattsalat. Aber nur mit Essig und Öl angemacht. Schpeck und Croutons dürftet gern dabei sei, aber weil sie grad vegetarisch isst, soll der Koch doch bitte so guat sei und den Schpeck bei de Croutons weglassa. „Nachtisch bschtellat mir schpäter", hot se kurzerhand gleich für ons boide entschieda.

Kurz druff kam au scho dia dampfende Feschdagssupp wunschgemäß nur mit Flädla. Hilde macht sich anandernoch über dia Supp her, so dass se sich an der hoiße Supp ihr vorlauts Göschle verbrannt hot. „Warom hosch du denn ned als Erschter probiert?", fährt se mi scharf a. „Dann hättscht mi wenigschtens vorwarna kenna." Freilich, jetzt war i wieder schuld. Weil mei Hilde sowieso nia an ebbes schuld ischt. Und sie hot au emmer Recht, aber 's ghört ra au amol recht, des sag i euch!
Oms nommgugga und zemlich dapferle hot mei Hilde dann dia gscheita Supp dapferle ausglöffelt. Als se mit der Supp no fertig war und bloß no des allerletzschte Flädle an ihrm rechte Mundwinkel ghangt ischt, secht se: „Sapperlodd, war dia Supp guat! Hannes, dia hätescht du au probiera solla, so a gscheita Supp hätt au dir gwieß ned gschadet!"

I han aber nemme antworta kenna, weil genau in dem Moment meine gröschdede Maultascha serviert worda send. In Vorfreude und mit ama Riesahonger, weil's mir em Gschäft heut koi Mittagessa meh glangt hot, hab i mei kunschtvoll gfaldada Serviett uff mein Schoß glegt, d'Gabel und s Messer gschnappt ... Aber! Aber mei Hilde war wieder mol schneller wia i. Mit de Worte: „Hannes, bevor du mit Essa afängscht, läsch mi ebbes von dir probiera!" und ziagt bereits in dem Moment mein Teller mit dene herrlich duftende Mauldasche ruckartig zu sich rüber. „Woisch", sagt se bereits schmatzend, „außer'm Frühschtück, mmh, ama Leberkäswecka am Vormittag, am Mittagessa: Gulasch mit Schpätzla und ra Schwarzwälder zom Kaffee han i da ganza Dag nämlich no nix rechts krieagt." Oms Nommgugga war der Teller Mauldascha verdruckt. Mit meim kloina Nachtischgäbele han i bloß zwoi- oder drei Moal heimlich neischtupfa könna. Des war's dann.

Kurz druff gab's bereits den Hauptgang für mei Hilde. Und weil sie mir ja vorher älles weggessa häb, dät se mir jetzt großzügig was abgebba. Dromm bschtellt mei Hilde nomol en Deller extra. Extra oin für mi! In der Zwischazeit dät sie aber scho amol mit Essa afanga, 's wird jo nemme wärmer. Und als no kurz druff mei Extra-Deller komma isch, hot se s Meischte scho wieder in sich neigschtopft ghett. Offensichtlich hot mei Hilde di nun doch allmählich in mir aufkommende Unruhe und Anschpannung gschpürt. Denn mit weit uffgrissene Auga und ihrem unnachahmlichen Genießerblick schiebt sie sich dr allerletzschte Bissa vom Hauptgang in ihr herzigs Schlappergöschle nei. Mit de Worte „Hannes, des war mal so richtig guat" versucht sie mich in ihra mütterlicha Art zu beruhiga. A handvoll Croutonla hot se mir dann doch no übrigglassa. Dia schiebt se dann mit ra ganz abfälliga Handbewegung zu mir romm. Nach ma leicht unterdrückta Rülpser bemerkt se dann knapp: „Ohne Schpeck schmecket mir dia Croutons oifach ned! Dia kannscht alle du han! An Guata!"

D'Sonn schtand mittlerweile so tief am Hemmel, dass mei herzensguata Frau und hellster Schtern in meira Lebensgalaxie von ihrer Namensschwester geblendet wurde. „Des halt i uff dera Gotteswelt nemme aus. Komm Hannes, mir ganget wieder zrück an onsern erschta Tisch." Ruckartig wia a schtartende Apolloraket in de beschte Zeita ischt mei Hilde auf onserm „Heimatplanet", onserm urschprünglicha Tisch, mit ma riesa Pflatscher wieder glandet. Housten! Eagle has landed! (d'schwäbisch Übersetzung hoißt glaub: Dr Dracha ischt jetzt glandet). Beim Uffschtanda hab i vermutlich weniger durch die enorme Beschleunigungskräfte als viel mehr vor lauter Honger schtarke Bauchkrämpf krieagt. Was kurz druff mei Hilde selbstverschtändlich als Akt ihrer Nächstenlieba und großa Fürsorge dazu bewoga hot, sich a wunderschöne Dessertvariation und mir an Espresso zom Bschtella. Denn ebbes Süßes wär für mei Gsondheit jetzt gradwegs Gift und gar ned zuaträglich. Wenn i doch so a leichts Zieha im Maga hät, kennt'n Espresso beschtimmt ned schada.
D'Sonne war mittlerweile ganz onterganga, was unweigerlich dazu gführt hot, dass dia sommerliche Tagestemperatur von schtolze 34 Grad Celsius schlagartig auf gfühlte 30 Grad gfalla send. Mit de Worte „mi frierts"

war der dritte Omzug für mei „heiße" Flamme bereits beschlossene Sach. Aus dem Grond hot d'Hilde ihren Dessert am ma Fenschterplätzle in dem scheena Wintergarta-Restaurant vom Lamm regelrecht zelebiert.

Ihr hättet höra solla, wia se gschwärmt hot. „Ha, so ebbes guats, Hannes, bloß bled, dass du nix drvo probiera derfscht, i dät dir ja so gern ebbes abgebba." Nach ma allerletzschta Sitzplatzwechsel, weil's am gschlossana Fenschder angeblich so grässlich zieaga dät, hot mei Herzensliebschde ohnehin hoim wella. Mir war's au sehr recht, denn i war regelrecht bedient. In dem Moment hab i mi ganz ehrlich au uff drhoim und ned zuletzt uff an Riebel Baurabrot und mei Leberwurschtdos em Kühlschrank gfreut.

Ganz zum Schluss, als mir no ganga send, hab i mei lieabs Fraule gfrogt, ob se mit dem Abend au zfrieda gwä sei und ob's ihra au im Lamm gschmeckt häb. „Ja", hot se gsagt, „schee war's, i ben sehr glücklich. Aber an deiner Schtell, Hannes, an deiner Schtell, ganz ehrlich, hätt i dia Maultascha fei ned beschtellt. Dia kasch doch jeden Dag au drhoim essa – oder?"

Vielleicht, a bissle, ja!

Wenn i mi mit meim Freund Karle unterhalt, mir verschtandet ons mit ganz wenige Worte. I mach a amol a Beischpiel:

Anschtatt „Hannes, willsch du no amol a kühls, frisch zapfts naturtrübes AlbWirte-Bier? Dann kannscht du doch bitte für mi glei ois mitbschtella" hoißts bei ons ganz knapp „Bier?" – „Ja!" – „Für mi au!"

So funktioniert nämlich männliche Kommunikation, ganz ohne feminin-okkulte Informationa in dr kommunikativa Interaktion inhärenter maskuliner Peergroups. Was will i euch domit saga: 's hoißt ned omsonscht a Mann – a Wort, a Frau – a Wörterbuach.

Mei Hilde isch jo im Grond scho recht. Eigentlich. Bloß mit'm Azieha und mit ihra Figur hot se halt so ihre Probleme. Dia kann, ihr wisset des scho lang, schtondalang in so Modeboutiqua neischtanda. Des isch für mi total unverschtändlich. Wia mer denn solang zum Klamottakaufa braucha ka? Entweder 's passt oder 's passt ned. Hilde secht ja emmer, dass i nix drvo vrschtanda dät. Und des schtemmt au. I kann des absolut ned vrschtanda. Bloß komisch, dass i in kürzerschta Zeit emmer ebbes zom Azieha fend und mei Hilde, obwohl se angeblich soviel von Kloiderkaufa verschtoht, eba ned. Aber des isch jetzt a ganz anderes Thema.

Grad geschtern Abend frogt mi mei liebs Hildale: „Schatz, welches Kloid soll i denn heut azieha? Moinsch, i soll des Schwarze nemma? Oder doch lieber des rote Kloid?"

Im Grund gnomma isch's mir ja egal, was mei Hilde ahott. Ihr Gsicht änderscht jo eh nemme. Aber weil se bei dene Schtil-Froga emmer hart bleibt und emmer a Antwort von mir will, muass i halt au a Antwort gebba.

Om mich mit dieser emmer wiederkehrenda Situation besser auseinandersetza zu könna, han i bereits im letzschta Frühjoahr an dr Volkshochschul heimlich en Kurs belegt. Im Seminar: „Frauen verschtehen – Ärger umgehen!" hab i glernt, dass es in solche Fäll oft sehr hilfreich sei ka, wenn mer seira Frau koi direkta Antwort gibt. Viel besser isch's nämlich, ihr mit ra gezielta Gegafrog in ihrer Entscheidungsfindung (Phase II: „Motivsuche") unterschtützend zur Seite zom schtanda. Die Auswahl des Kloids isch bei dr Frau nämlich scho viel früher, des hoißt, bereits bevor sie dia Frog überhaupt formuliert, gfalla. Dia Frog hot'm Grond nur noch en rhetorischa Wert und zielt lediglich auf a subjektiv-emotionale Beschtätigung (Phase I: „Notwendiges und hinreichendes Konfirmieren") des aktuella Gegaübers ab.
Dromm schtell i mei auswendig glernta Gegafrog (aus Phase II, siehe oba): „Was moinscht denn du, mei lieber Schatz, in welchem von deine schcena Kloidla würdescht du dich denn heut bsonders wohlfühla?"

„I glaub im rota Kloid, des schtoht mir so guat zu meiner Hoarfarb oder findescht du des etwa ned?" Wieso frogt se mi denn so schneidend, ob i des ned au schee fend? I hab doch diesbezüglich gar nix gsagt, ned amol denkt oder a kleina Andeutung gmacht.

Früher wär ich natürlich sehr leicht versucht gwesa, mich aufgrund dieser diskret verbala Attacke zu verteidiga. Weil's aber in dem Moment eh nix brengt, überhör ich oifach den latenta Vorwurf und geh mit koim Wort drauf ei (Phase III: „Laissez-faire"). Domit, und des isch genial, nemmt mer förmlich dia ganza Wucht des induktiva Vorschtoßes. Früher hätt i drzua gsagt: Hältscht am beschta dei Gosch! Aber seit meim VHS-Kurs woiß i, dass des „Taekwondo-Technik" hoißt. Jetzt hoißt's, unbedingt des Heft in der Hand bhalta und sofort die nächste Phase des Geschprächs zünda: Phase IV – die „Rückführung" einleita. Des hoißt jetzt konkret: volle Konzentration uff die urschprüngliche Intenzion (anlassbezogene Kommunikation) des Ausgangsgeschprächs.

Deshalb elegante Überleitung in Phase V: „Bestätigung und Lob" (Verstärkung) bei finaler Entscheidungsfindung der Frau ausschprecha.

„Ja, Schatz, des rote Kloid passt wirklich ganz fantastisch zu dir. Und du hoscht au völlig Recht, zur Hoarfarb passt es ebafalls ganz ausgezeichnet. I freu mi ganz arg, wenn du heut Abend des rote Kloid <u>für mi</u> azieha dädscht."

„Was monischt denn du jetzt mit ‚*fantastisch*' passa? Willscht du etwa domit andeuta, dass des rote Kloid mir z'eng ischt?" Saudomm, han i denkt, dass mei VHS-Kurs auf solche Fangfroga ned eiganga ischt. Völlig unvorbereitet und aus der Defensive heraus musst i dann antworta: „Noi, Mäusle, des i han doch gar ned gsagt. Des Kloid schtoht dir doch ganz wunderbar."

Da kann mer amol wieder seha, mei allerliebschte Hilde passt halt in koi Schema ned nei. Di ischt und bleibt halt en Schpezialfall. (An di männliche Leser grichtet: Ischt des bei euch au so? Wenn ned: Glückwunsch! Wenn ja: mei aufrichtiga Anteilnahme!)

Sofort han i gschpürt (schließlich ben i ja au irgendwie an Mensch mit Gefühle, so a bissle jedenfalls), dass dia Antwort viel zu unglaubwürdig auf mei Hilde gewirkt han muass. Im Gegeteil, des hot se jetzt erscht so richtig uffgschachelt. Mir war in dem Moment sofort klar, mei taktische Geschprächsführung isch jetzt absolut am Ende. Von wega: Wer fragt, führt! Verbal war i auskontert und schtand mit'm Rücka zur Wand. Des hot mei Hilde natürlich ihrerseits deutlich gschpürt. Ihre schonungslose verbale Angriffswella send jetzt bloß no so über mi reibrocha wia wild aufbrausende Tsunamis uff a einsama Insel im weita Ozean.

„Emmer deine verschteckte Andeutunga, dass i z'dick wär. Woisch, des isch gar koin scheener Zug von dir. I hab mi so uff den gemeinsama Abend gfreut, und du machscht wieder älles kaputt."
„Aber Schatz, du bisch doch gar ned dick! Guck, d'Margret, dei Freundin, dia isch vielleicht a bissle mollig (Margret isch 1,65m groß und wiegt fascht zwoi Zehntner), aber du, du bischt doch ned dick, awa."
„Aber mollig ben i!"
„Noi, Hilde, du bischt au ned mollig!"
„Und wenn i tatsächlich dick wär, dädscht du mir des ehrlich saga?"
„Ja freilich dät i dir des saga; so wie i jetzt eba sag, dass du niemols dick bischt. Ned amol mollig bischt du. Du gfällsch mir doch und zwar so, wi du bischt."
„Also ben i doch dick, wenn i dir so gfall? Kannsch es ruhig saga, dass i mollig ben."
„Nein, Hilde, zum letzschte Mol, du bisch ned dick, du bisch oifach recht."
„Jetzt sag halt, dass i a bissle mollig ben, los sag's! Kannsch es ruahig saga. Sag's, auf geht's!"
„Also guat. Om d'Hüfta romm. Vielleicht, a bissle, ja!"

„Was sagscht du, dass i a fette Sau ben? Hannes, des hätt i niemols von dir denkt, dass du so gemein zu mir sei kannscht, wo i doch emmer deine Butterbrezla schmier."

Drnoch hab i mei Hilde di nächschte drei Schtond nemm gseha. Sie hot sich in ihrem Zemmer eigschlossa. Nur noch des herzzerreißenda Schluchza und Wenzla hab i von ihra ghört.

Weil i in der Situation mit'm Schlemmschda han rechna müassa, hab i in der Zwischazeit no amol sicherheitshalber kontrolliert, ob i au mei letzschte Versicherungsprämie für Elementarschäda zahlt han. Wisset'r, des isch a Versicherung, wo au bei Überschwemmunga aufkommt. Denn, sicher isch sicher!
Aber ois isch au ganz sicher: Volkshochschulkurs send au nemme des, was se amol waret.

Bad Boller Silberhochzeit

Vor kurzem hot mei Hilde ihr Silberhochzeit gfeiert – 25 Joahr Krieag und Frieda. Naja, gfeiert isch vielleicht übertrieba gsagt. Mir hen halt an dem Dag onserm Hocheitsdag vor 25 Joahr gedacht. Ach, was war ned älles in der ganza Zeit, aber lassa mr des. D'Hilde hot ja eh scho gschtaunt, dass i ihren Hochzeitsdag ned vergessa han. Aber wia kennt i da Hochzeitsdag von meira Frau vergessa? Den han i vor Jahren bloß oimal vergessa – und seither nie meh!

Für den ganz bsondera Anlass han i mir au was ganz Bsonders eifalla lassa. I hab mei Hilde total überrascht und hab des romantische Gardahäusle em Badhotel ganz exklusiv für ons zwoi reserviera lassa. An scheena Rosaschtrauß hab i besorga und dort uff da Tisch naschtella lassa. Do driber hot se sich saumäßig gfreut und war fascht a bissle grührt.

Kaum semmer dogwesa, scho sem mir mit ma herrlicha BioBizzler ganz herrlich erfrischt worda. Für älle, wo den no net kennet, des isch an Bad Boller Streuobst-Champagner. Da mei Hilde ja bekanntlich dem Alkohol nicht gänzlich abgeneigt ischt, war des natürlich a guate Einschtimmung in da Obend. Kurz druff hem mir im Gartahäusle Platz gnomma und scho hot's au ebbes zom Essa und da erschte Wei zom Drenka gebba.

An so ma Dag bleibts eba ned aus, dass mr sich an Früher erinnert. Mir send boide onsere Gedanka nochghängt, wia des früher so älles agfanga hot mit ons boide. Denn bloß wenig Meter entfernt, d'Gruibinger Schtoig a kleis Schtückle nuffwärts onter dr alta Silberpappel, hem mir ons selbigsmol emmer heimlich troffa. Dort han i mei Hilde au 's erschte Mol so richtig verküsst, und schpäter hem mir ons dort au verlobt.

Hilde war an dem Abend wieder amol ganz jong und em Glück: „Ach, Hannes, woisch des no, wia mer am selbigem Abend oba an der Silberpappel uff dem Bänkle gsessa send?", fängt se sich zu erinnera an. „Mit dem herrlicha Blick übers ganze Schtauferland, dia ondergangende Sonn, d'Vögela hend bloß für ons so herrlich zwitschert, es war grad so schee wia am heutiga Obend. Ach, war des romantisch! Und als du mi dann gfrogt hosch, ob i die möga dät für den Fall, dass du mi au möga dädescht. Do ben i eba schwach worda. Und i Dubbel sag au no ja. Woisch du des no, Hannes?"
„Ja freilich, Hilde", han i am Frieda zliab mit Überzeugung gloga. „Freilich woiß i des no, Hilde. Des isch grad, wia wenn's geschtern gwesa wär." Onter ons, i konnt mi do gar nemme dran erinnera.
Aber für mei Hilde isch des ganz typisch. Dia kann sich an jeden auch noch so belanglosa Scheiß erinnera.
Grad mach i's Maul zua, frogt se auch scho weiter: „Hannes, woischn du des auch no, was i selbigsmol an onserem Verlobungsdag

für a schees Kloidle aghett han? Ha woisch, des war des scheene duftige Sommerkloidle, des war so im ma zarta Flieder ghalta mit dene nette hellgelbe Blümla druff. Woisch du des no, Hannes? Hannes! Woischn du des nemme?"

„Woischn du des nemme! Woischn du des nemme? Noi, des woiß i nemme! Ja soll i denn älles wissa, welche Fetza du älle scho aghett hoscht! I bräucht a Gedächtnis wie an Elefant." So a Glomp kann sich bloß mei Hilde über Jahrzehnte merka. Frogsch se aber beischpielsweis, wann der VfB letzschtes Mol deutscher Meischter oder Pokalsieger war, des woißt se natürlich ned. Ha, do merk i mir doch viel lieaber die wirklich wichtige Dinge im Leba – oder?

Mittlerweile hen mir onsern Hauptgang kriegt. Zwoi Kellner send über d'Terrass dia Schtiaga ruffgloffa. Onsere Teller hend se onter sotte Silberhäuble verschteckt ghett. Wahrscheinlich als Überraschung, dass mir ned seha solldet, dass es jetzt ebbes zom Essa gibt, aber i hab dia Deller dronter oinawäg gseha. Ha, des war amol was! Und als se no dia Teller eigsetzt ghett hend und dia Hauba abghoba hend, war au no des richtige Essa für ons dronter. D'Hilde hot jetzt nach ma Rotwei verlangt. 's erschte Fläschle war natürlich an dem hoißa Dag scho leer. An dem Obend war's richtig schee. Schee und weiseelig. Mir hend viel von frieher vrzehlt und dass eba mit der Zeit älles anderscht wird. Ja, d'Zeit verändert ned bloß dia ganza Welt, sondern au und vor allem d'Leut. A Beischpiel: mei Hilde, wer se von frieher her no kennt, ha, was war dia doch für an schtrammer Handfeger, und heut? Heut isch se beschtenfalls no an schtrupfiger Kehrwisch! Frieher, ach frieher, was hot se ned emmer für scheena Sächla zu mir gsagt. Hannes, du bisch mei Käferle, mei Schneggle, mei goldigs Mäusle und so weiter. Und seit geraumer Zeit send die Tierbezeichnunga für mi emmer größer gworda. Onderra Wildsau, Trampeltier, Hornochs oder Rendviech gibt's do nix meh in onserm häuslicha Zoo. Aber wem vrzehl i des. Des kennet ihr beschtimmt au von drhoim – oder etwa ned?

Gega schpäter hot dr Oberkellner, dr Herr Ferenc, an ganz netter Ungar übrigens, ons no ebbes Süßes zom Nochtisch serviert. Schpäteschtens do war mei Hilde reschdlos begeischtert. Als Überraschung hot der Kellner so a klois Weifläschle aus seim Schatzkäschdle mitbrocht. Eiswei sei des! Aber Eis war kois drbei, mir hend des ganz ohne Eiswürfel eigschenkt krieagt. Noch'm erschta Schluck hab i für mi beschlossa, des süaße Glomb brauch i net. Vermutlich hot der Kellner des scho em Voraus denkt und deshalb au bloß a Muggaseggele in onsere Gläsla eigschenkt. Aber mei Hilde hot sich uff den Schtandpunkt gschtellt – obwohl! Schtanda hot se eigentlich zu dem Zeitpunkt alloi scho nemme kenna. Sie hot aber jedenfalls gmoint, der Wei sei scho offa, dann drenkt mer'n au. Sie dät sich freiwillig opfera und den Wei au alloi leerdudla.

Dr Aperitif, sechs Viertala Wei und zom Schluss no der süße Eiswei hend ja au irgendwann bei meira Hilde ihr Wirkung zeiga müassa. So war's au ned verwunderlich, dass mei Hilde ganz rauschig, ähh, ganz aus sich raus ischt, han i saga wella.

„Mein Gott, Hannannannes", fängt se an, „wenn i, i, i gwisst hätt, dass du, dass du amole so aaalt wirscht. Woisch frieher, frieher isch a a-a-aschtändiger Ma wenigschtens mit 40 gschtorba, damit sei Frau no was von ihrem Leba hot. Guck, dr Lina ihr Mann isch letzschtes Joahr von ra omschtürzenda Buach erschlaga worda und war uff der Schtell mausdod. Und was machscht du? Mei Sembl von Hannes? Wo ganz päb drbeischtoht? Du, du schprengscht im letzschta Moment no vom omschtürzenda Baum drvo. Nennscht du des vielleicht Liebe? Guck dir doch bloß amol d'Lina a. Frieher hot se emmer 's Kreuz mit ihrm Alta ghett, und heut, ha, dia macht schtattdessa Kreuz-Fahrta uff älle Weltmeere. Lina lebt wieder richtig uff und gönnt sich au was. Und du? Was gönnsch du mir? Ned amol dei bleda Lebensversicherung. Mei Oma Lina hot seinerzeit scho Recht ghett. An Geizhals ond a fedde Sau send halt erschd noch ihrem Dod zu ebbes nutz."

I hab dann au recht bald zahlt und mei Hilde, so schnell's eba ganga ischt, hoimbugsiert. Dia Hitz ond no au no dr guate Württaberger Wei in große Menga und dia viele Erinnerunga, des war meim Schpatzel oifach zviel.

Froh war i jedenfalls, als mir boide wieder wohlbehalta drhoim akomma send.

Weil mir zsamma 's Drottwar besser gnutzt hend als sonschd, hend mir halt a bissle länger braucht wia sonschd.

Uff em Hoimweg han i an mein Großvater denka müassa. Der hot emmer zu mir gsagt: „Hannes, merk dr ois, wer recht gloobd werda will, muass erscht schderba, wer aber gschempft sei will, braucht bloß heirata."

Schuld und Sühne!

Mei Hilde behauptet von sich emmer, sie wär soo schüchtern. Bloß merka duat mer do nix drvo. Vielleicht isch sie eba heimlich schüchtern, so wia manche au oheimlich domm sei könnet. Aber was i euch vrzehla will, ischt a ganza andera Gschicht.
Bei ons drhoim isch alles klar geregelt. Wenn ebbes schieaf lauft, dann laufts erschtens amol richtig schieaf, und zwoitens wisset mir (in dem Fall d'Hilde) au ganz genau, wer dann (emmer) schuld ischt. Des legt nämlich mei selbsternannta Schtaatsanwältin in ihrem laiahafta Rechtsempfinda am selbschteschta fescht.

Im Übriga hend ihr scho mol beachtet, wia dehnbar des Wörtle „mir/mer/mr" eigentlich ischt? A Beischpiel:
Wenn's hoißt, mir sottet amol wieder rasa-mäha, mer sott moal wieder d'Heck schnei-da, mr sott dringend Getränke hola, dann isch des Wörtle „mir" oder „mer" oder „mr" grundsätzlich männlich bsetzt.
Es gibt aber au Ausnahma von der Regel. Wenn's beischpielsweis hoißt: Mr sott amol wieder a paar Dag wegfahra (Kurzurlaub mit de Freundinna), mr sott amol wieder ins Schtädtle (ausschließlich „dämlicher" Ein-kaufsbummel in der Schtadt, aber i darf ned mit, mei Kreditkart aber sehr wohl) oder *mir* wisset eba au emmer, wer schuld ischt.

Apropos an ebbes schuld sei! Bei ons drhoim läuft des in etwa so ab. I mach jetzt für euch amol a praktischs Beischpiel: Mei Hilde und i hend vor wenige Wocha onser schnurloses Telefon gsuacht. Wo mir ned überall gsuacht hend! I sag's euch, im Kloiderschrank, im Bad, im Keller, sogar drauße em Garta, im Auto, oifach überall. Und des malefizene Telefon war nirgends zom Fenda.

„Also ehrlich, werte Leserinna, lieber Leser, Hand uff's Herz, i hab des Telefon ganz beschtimmt ned verlegt. I hab des di letzschte Dag doch gar ned in de Händ ghett oder braucht. D'Hilde secht sowieso emmer, des wär bloß was für absolute Notfäll und i soll meine Fenger drvo lassa. Definierte Notfäll send bei meiner Frau eigentlich emmer dann akut, wenn sie's Telefon für sich braucht. Beischpielsweise, wenn se schtondalang mit ihrer Margret übers neue Kuacharezept schwätzt. Wenn i mit meine Freund telefonier, soll i mi emmer ganz kurz halda, weil ja in der Zwischazeit ebber anders arufa kennt. Komisch! Worom secht mei Hilde zur Margret jetzt plötzlich: „Ebber anderscht." Isch des etwa ihr Zwoitname?

Mir isch's ja im Grondgnomma egal, vom Gschäft aus hab i ja sowieso a Händi.
Uff jeden Fall hot mei Hilde mi in a Art Kreuzverhör gnomma. Ja freilich, des sieht se halt emmer em Fernseher bei dene Krimis und so. Sie hot mi dann ganz routinemäßig gfrogt, wo i die letzschte zwoi Dag war, mit wem ich telefoniert häb. I soll mi bitte ganz genau erinnera, wann und mit wem i von welchem Telefonapparat aus telefoniert hätt.

Ich gab ihr dann zu Protokoll, dass i des Telefon in de letzschte zwoi Däg überhaupt ned in de Händ ghett häb. „Des kann ned sei", zischt se henda vor wia a Schlang, „konzentrier dich jetzt endlich amol, wo du mei Telefon naverschlampt hoscht. 's Haus verliert nex, des hot scho mei Oma gsagt – aber fenda muass mer's halt au wieder!" – „Und dass du eventuell …", weiter ben i gar nemme komma. „Jetzt hör mir bloß uff drmit", fällt se mir sofort ins Wort.

„Ja, i hab scho d'Autoschlüssel verlora, 's Schparbüchla nemme gfonda, mei Gebiss verlegt, aber a Telefon, a Telefon, so ebbes hab i noch nia verlegt. Schließlich isch des ja dia onziga Verbindung zur Außawelt. Sowas dät i doch nia und nemmer verlega. Schtell dir bloß vor, wenn jetzt oine von meine Freundinna aruft und i koi Telefon hätt?", secht se.

Dann kam mei gscheita Frau uff d'Idee, dass sie doch amol mit ma andera Telefon arufa kennt, dann dät des gsuchde Telefon doch bimmla und (uffpasst) mr(!) müasst dann bloß dem Klingla nochganga und kennt domit des von mir(!) verlegte Telefon ganz leicht wieder finda.
Gesagt, getan! Mir hend von meim Firmahändi aus agrufa. Kaum war d'Verbindung uffbaut, muss mei Hilde, völlig in ihrem ganz persönlicha Krimi verhaftet, irgendwas verwechselt han. Anderscht kann i mir des überhaupt ned erklära. Ihre Kommandos mir gegaüber, von jeher sehr knapp, waret mir in dem Fall aber eher z'viel, als z'knapp: „Such,

70

such, komm such und find Telefon, such. Brav, los such, such, Hundi such!"

Als se sich wieder a bissle beruhigt ghett hot, war i wirklich froh, als se mi dann bloß a-gwiesa hot: „Hannes, fahr da Waga vor!" Mei Hilde hot sich nämlich scho vor Taga mit ihre Superfreundinna im ma Café zur Schwarzwälder Kirschtorte verabredet.

Weil's meiner Hilde halt so wichtig war mit ihrem Telefon, hab i, nachdem mei Ober-kommissarin da Tatort fluchtartig verlassa hot, ihre Vor-Ort-Ermittlunga alloi und jetzt ganz in Ruhe weitergführt. Mir war's grad recht so. Routinemäßig und professionell hab i's ganze Haus von oba bis onta komplett uff da Kopf gschdellt, um nach dem verlorena Telefon zu sucha.

Schtonda schpäter han i aber dann doch lei-der erfolglos die Bergung abbrecha müassa, weil sich keine weitere Hinweise meh ver-dichtet hend, wo's Telefon sei könnt. Als mei weitaus bessera Ehehälfte beschwingt von ihrem Kaffeekränzle hoimkomma isch, frogt se eher beiläufig als beabsichtigt, was i denn so lang do häb, om mir mei Zeit zom Vertreiba. „I hab dia ganza Zeit nach dem Telefon gsuacht", gab ich wahrheitsgemäß meiner Chefermittlere zur Auskunft. Worauf sie schüchtern, wie se eba ischt, bemerkt: „Scho klar, bei deim schlechta Gwissa hätt i des genauso gmacht."

Kurz und guat, 's ging no amol an ganza Dag ohne Telefon romm, bis dann a Päckle mit der Poscht kam.

Im Päckle waret dr Hilde ihre Gsondheits-schuah, dia sie vor vier Dag beim Internet-versand in größere Schuah omdauscht hot. D'Größe war urschprünglich ned so ausgfalla, wia urschprünglich gedacht. Für mi im Grondgnomma au koi Wonder, dass dia Schua z'kloi waret, denn mei Hilde lebt scho seit jeher uff groaßem Fuaß.

Und? Was war do no dren in dem Päckle, ha? Jetzt kommet ihr! Freilich! Onser? Noi, natürlich Hildes Telefon war ebenfalls do mit dren. Mei Hilde hot's schnurlose Telefon ausverseha zsamma mit ihre Schuah in dia Rücksendung neiverpackt. Mit ma alta Schnurtelefon wär's vermutlich ned passiert. Obwohl? Bei meira Hilde wär i mir do gar ned so ganz sicher. Dia kriegt zemlich viel fertig.
Also für mi war dia Sachlage damit völlig klar, der Fall abgschlossa und mei Unschuld eindeutig bewiesa.

Aktadeckel zua, Freischpruch erster Klasse! Und nicht nur wega Mangel an Beweisen.
Allerdings war's für mei Hilde, quasi von schtaatsanwaltlicher Seite betrachtet, aber no lang ned klar: Mei Unschuld sei noch in kei-ner Weise bewiesa. „Von wega, so oifach kommscht mr du ned drvo!", bemerkt mei Hilde, bevor se dann zu ihrm Schlussplädoyer ansetzt: „Hannes, du Rendviech", hot se mi agschrieah, „sag amol, hoschn du denn des ned gmerkt, dass des Päckle viel schwerer ischt, als dia Schuah send? Des hätt doch dir beim uff d'Poscht Brenga ufffalla müassa. Oh

Hannes, du bischt doch an Allmachtssembel, nächschtes Mol passscht bittschee besser uff, was da uff d'Boscht nonderbrengscht. So isch des halt, w-e-n-n i n-e-d ä-l-l-e-s s-e-l-b-e-r m-a-c-h!"

Ja, so isch des halt, Hilde. Und am End hoscht du doch wieder Recht. Denn du machscht ja ned amol deine oigene Fehler selbr!

Fein(d)e Nachbarschaft

Wer moint, dr Krieag wär aus, der täuscht sich. Gewaltig sogar. Bei ons in der Nochbrschaft wird jetzt wieder aktuell uffgrüschtet. Der Kalte Krieag beginnt direkt an dr Demarkationslinie an meim Gardazäule.

Ihr müasst eich des so vorschdella: Also do, uff dr oina Seite schtand i. Und drüba, uff der andera Seite isch mei neuer Nochbar mit seine Waffa, a elektrische Heckascheer, an Zwoitaktmäher und jede Menge Meter Wasserschläuch. Bei ons gilt sozusaga, Mann gega Mann und emmer zu allem bereit!

Ogfanga hot des Ganze em Frühjahr, als i 's erschte Mol rasagmäht han. Es war am Samstagmorga um dreiviertel Neine. D'Woch druff hot mei Nochbar, der Grasdaggl, gmoint, er miasst no bälder mit Mäha ofanga als i. Dromm hot der Bachel bereits om Achte sei schtenkenda Höllamaschine von Rasamäher agschmissa.

So a arrogants Verhalda kann i mir natürlich ned gfalla lassa. D'Woch druff han i ihn austrickst, ihn keines Blickes gewürdigt. I hab ihn ausm Augawinkel beobachta kenna, wia'r sei Rasamäherle scho am Freitagobend volltankt bereitgschtellt hot. Des hot doch bloß bedeuta kenna, dass'r bereits am Samstag in Allerherrgottsfrüah glei wieder mit seine rücksichtslose Kampfhandlunga beginna will. Aber do hot sich der natürlich kräftig gschnitta. Mit meira überlegena Angriffsschtrategie hot er nämlich ned grechnet. Denn schließlich

verfüg i übers Potenzial zom samstäglicha
Erschtschlag.

Kurz noch Fempfe am Morga war d'Waffen-
ruhe meinerseits beendet und i han mein
Zwoitakter im berauschenden Gefühl der
Überlegenheit uff Vollgas alaufa lassa. Ha,
des hot so richtig guat do, sag i euch. Als kurz
druff no die Vorhäng uff der gegnerischa
Seite driba gwackelt hend, hab i gwisst, dia
Schlacht isch gschlaga und gwonna.
Sich in seine Niederlage ergebend, hot der
Nochbar an selbigem Dag no au nemme
gmäht. Sicherlich hot dia samstägliche „Nicht-
Mähaktion" der Gegaseite eine reine Provo-
kation auf mein überlega gführta Feldzug sei
solla. Aber der kann mi ned im geringschda
provoziera. *(lauter)* Mich nicht! *(noch lauter)*

Mich doch nicht! *(ganz laut)* Der kann mich mal ... – aber niemols provozieren!

Vielleicht sollt ich sei Waffaruhe au so interpretiera, dass er aus einer gewissa Position dr Schtärke heraus handelt und sozusaga so duat, als ob er samstags jetzt gar nemme mäha müasst. Aber i woiß ganz genau, dass der drhoim genauso wenig zom Saga hot wia i au. Und deshalb hot mi sei psychologische Krieagsführung au dodal kalt glassa. Der do driba kann doch macha, was er will, des isch doch mir egal. Do guck i doch ned amol nomm zu dem, niemols!

D'Woch druff, d'Kirchturmuhr hot an selbigem Samstagmorga no koine Drei gschlaga ghett, eröffnet mei Nochbr, der schterriche Blitz vom a Krieagstreiber, entgega der Genfer Konvention mit seim klappriga Rasamäherle scho wieders Feuer gega mi.

Ganz sachte, ohne 's Licht azumacha, ben i no uff und hentern Vorhang nommgschtanda. Ganz arg han i druff uffbasst, dass bei mir im Gegasatz zu meim schtümperhafta Nochbr der Vorhang ned wackelt. I wollt uff koin Fall dem Feind an Vorteil verschaffa, indem i dem meine Koordinada preisgeb.

Und wisset ihr, was der gmacht hot? Der hot ganz bewusst zwoi- oder dreimol direkt an onserm Zäunle ganz päb an der Grenz sein knatternda Rasamäher ruff- und rondergschoba. Ganz bewusst zom Provoziera hot'r des do. Des woiß i ganz genau! Und sei Grinsa uff'm Gsicht, i sags euch. 's war no donkel om dia Zeit. I hätt's ja au gar ned gseh, wenn ned grad sei Positionslicht von Schtirnlamp

76

uff seim Allmachtsmeggel 's Licht grad so gschtreut hätt, dass i des broite Grinsa han gradwegs seha müassa.

Leut, was z'viel ischt, ischt oifach z'viel. Do hot's bei mir ned bloß Drei, sondern glei Dreizehne gschlaga. No ben i sowohl em Nachthemd als au em Donkla ausm Haus nausgschlicha. Em Gardahäusle ganz henda em Regal han i no vom letzschta Joahr dia heimlich uffglesene Walnüss vom Nochbrs-grundschtück emma Säckle uffbewahrt. Dia hab i au ohne Licht verlanga kenna. Und jetzt, jetzt endlich war die Schtunde der Ver-geltung da. In dem Moment war mir völlig klar gworda, dass es doch sowas wia an ge-rechta und heiliga Krieag gebba muass. Der Zeitpunkt „$t=0$" zum finala Gegenschlag war komma. Em Schutz der Donkelheit hab i mi bis zu de feindliche Linia durchgschlaga und ben dort in Deckung ganga, om dia Feind-bewegungen genau zom Schtudiera. Und dann kam mei Schtond. Endlich! Älle Walnüss han i Eierhandgranta gleich uff dem feindli-cha Territorium verdeilt. Uff dass des feindli-cha Kriegsgerät möglichst bald viel Schada nemmt.

No bevor i mei Hausdür wieder ganz leis von inna zugmacht han, hör i scho des Schtottera von dem Rasamähermotörle, bis es dann mit ma leisa Zischa für emmer verschtommt ischt: Des wars. Und dann wars schtill. Totastill! Dia Schtilla ischt no bloß no für en ganz kurza Moment durchs Kampfge-brüll meines Erzfeinds mit einem genauso

nachvollziehbara wie auch für seine Verhält-
nisse reschpektabla Fluch zerrissa worda.
Dann war's wieder mucksmäuslesschtill.
Erst jetzt, viel z'schpät, hot der Bachel mei
überlegene wie geniale Kriegsherralischt er-
kannt. Dass der altersschwache Schnoga-
huschter vom ma Rasamäher durch dia harte
Feindberührung mitta in de Kriegshandlunga
da Goischt aufgeba wird, war mir von vorna-
rei klar. Mr muass schließlich dr Feind emmer
do bekämpfa, wo mr dia Schwachschtella in
de feindliche Linia erkennt und wo's em am
ärgschta weh duat.

Für en ganz kurza Moment hab mi in dia
misslicha Lage vom gegnerischa Aführer amol
neiversetzt. Und was soll i euch saga, des isch
scho a saudomms Gfühl, so ganz ohne Waffa
im Angesicht des Feinds dozomschtanda.
Denn sei elektrische Heggascheer macht ned
amol halb so viel Krach wia sei jetzt kampflo-
ser Rasamäher jemols gmacht hot.
Dia Oberschte Heeresleitung vom Gegner
hot jetzt au koi weitere Lagebeschprechung
meh braucht. Um nicht der Lächerlichkeit
seiner ausweglosen Situation anheimzufalla,
kam er zum einzig richtiga Schluss und hot
ohne jegliche weitere Bedingunga dia ohne-
hin aussichtslose „Kampf-Bemühunga" umge-
hend eigschtellt.

Als es no hell worda isch, han i mi Richtung
feindlichem Aufmarschgebiet a Weile aus
meim Fenschter nausgloint. In großer Feld-
herrenmanier, breitbeinig, mit gekreuzte Arm
und ma weitschweifenda Blick übers Schlacht-

feld wollt i jetzt bei Tagesanbruch no amol mein historischa Triumpf über dia feindlicha Armee in volle Züg genieße. Und außerdem wollte ich es mir oifach au ned entganga lassa, wenn dr unterlegene Feldherr demütig sei weißa Flagge zum Zeicha seiner unterwürfiga Kapitulation ausm Fenschter naushängt. Aber nix do! Es war nur ein Waffenschtillschtand. No am gleicha Dag isch mei Möchtegern-Napoleon en Haus- und Gardamarkt gfahra und hot ordentlich uffgrüschtet. En acht PS-Mäher hot's sei müssa, mit Antrieb und allem Schnickschnack. Als ob der den überhaupt bediena kenne däd, lächerlich! Ha, der isch doch meines Wissens bloß uffs Volksschüle ganga, was verschtoht denn der scho von moderner Krieagsführung. Awa! Aber des macht doch mir nix aus. Soll'r doch ruhig.

Na ja, sei's dromm, mir isch's ja egal, i verfüg ja nach wie vor über a beträchtlichs Arsenal an biologische und chemische Kampfmittel. Aber des woiß mei Nochbr zom Glück ned. Obwohl? Wenn er's wissa dät, kennt'r sei ausweglosa Situation vielleicht richtig eischätza und dät beschtimmt lieber no heit als morga uffgebba und mei vorformulierta Kapitulationsurkunde, wenn au zähneknirschend, so doch wenigstens bedingungslos akzeptiera.

Ha, wenn i bloß amol an mei Waffaarsenal für da Nahkampf denk. Do, des Reinigungskonzentrat mit dem Dodakopf druff, des, wo i en dem silberna Bixle für ganz bsondere Moment im Leba (mer woiß jo nia – oder?) in meim Keller onda uffbewahr. Des hot der Feind nämlich no nia gseh. I ben mir ganz

sicher, dass des dene Dahlia en seim Bluma-
gärtle gar ned guat schmegga dät. Oder dia
scheene Kupfernägela, dia i vom Dachren-
namontiera no uffghoba han. Wenn dia in
seim Lieblingsaprikosabäumle drennschtecka
dätet, aua, i glaub, des dät'n empfindlich
treffa. Des dät den Dagdieab, den Sche-
raschleifer vom ma Nochbr beschtimmt da
Rescht geba. So kennt'n i ganz gwiass uff
seine Knie nonderzwenga.

Also, wenn's nach mir goht: I däts be-
schtimmt ned bis zum Äußerta komma lassa.
Des isch ja au nur für den Fall, dass …!
An mir liegts beschtimmt ned, i han au mit
dem Wettrüschta schließlich ned begonna.
Wer muass denn emmer so früah mit'm Ra-
samäha afanga?
Und wer provoziert denn mit seim de-
monstrativa „Ned-Rasamäha" am ma Sams-
tag?
Oder wer hot denn in arroganter Art und
Weise an neue 8-PS-Mäher kaufa müassa?
Ha, wer war denn des?

I hätt dem do drüba scho längscht mein Frie-
densvertrag diktiert, aber der schture oeisich-
tiga Blitz will jo oms Verregga ned on-
terschreiba.
Außer mi jeden Dag freundlich übers Garda-
zäule rommgrüßa ka der da drüba, glaub i,
nämlich gar nix!

Schtatt Verwaltung – Schtadtverwaltung ?!

Ned gnuag, dass i mi emmer mit meira bessera Hälfte Hilde rommschlaga muass, noi, mer hot doch sei lieabe Müh ond Not mit de Beamta em Flegga. Was dia emmer für Denger drherbrenget, des glaubscht du ned.

Isch's euch au scho so ganga, emmer, wenn mr ebbes von dene will, send se in ra Beschprechung, am a andera Apparat, uff ra Fortbildung oder im Urlaub. Mr krieagt au emmer des Gfühl, dass mer se bei irgendwas Wichtigem schtört und wenn's bloß beim Bleischtiftschpitza oder Nasaboahra ischt. Na ja, seis dromm.
Dia Öffnungszeita in dene Behördetempel fend i au emmer klasse. Ha, do muasch bald Urlaub nemma, damit da die Gschtalta amol persönlich uff dr Amtsschtub atreffa darfscht. I frog mi do emmer, wer isch eigentlich für wen do? Dia Beamte für d'Bürger – oder send womöglich, ohne es zu wissa, mir Bürger bloß für onsere Beamte gmacht. Des isch fei ned emmer so eindeutig und erscht recht ned luschtig. Dr vermutlich Letzschte, wo des meines Erachtens richtig vrschtanda ghett hot, war vermutlich dr Große Frieder. Der hot seinerseits von sich behauptet, er sei der erschte Diener im Schtaat. Und heut? Ach komm, her mr doch uff!

Grad drletzscht, kurz bevor i ins Gschäft gfahra ben, hot mr bei mir uff der ganza Drottwarlänge von vorne bis ganz henta sottiche rote Schtrich nazeichnet. Grad so, wia wenn mer bald a Bauschtell eirichta wet. Uff dr gesamta Länge, so hab i dia Schtrich im meim laiahafta Tiefbauverschtändnis jedenfalls deutet, wird mir mein Kandel uffgrissa und vermutlich neue Kabel verlegt.

Mei bisherige Lebenserfahrung hot mir gsagt, Hannes, Obacht! Des sieht gar ned guat und ganz drnoch aus, als ob die Bauschtell a bissle länger daura könnt. Da i weder informiert war, worom, wann und wie lang dia Bauschtell do vor meim Haus eigrichtet wird, hab i mir erlaubt, uff meira Schtattverwaltung azrufet. Schließlich brauch i ja mei Zufahrt, denn au i muass jeden Dag ins Gschäft und au wieder hoimkomma. Und wehe, wenn i ned rechtzeitig hoimkomm. Dann sottet ihr amol mei Ex-Verlobte höra. Aber des isch a ganz andere Gschicht.

In jedem Fall hab i eba dort agrufa. „Auuuu, des dät ihra jetzt aber Leid", klingt's aus meim Telefonhörer. Do hätt ich sie jetzt aber grad uff'm falscha Fuaß erwischt, secht mir des nette Fräulein. Eigentlich wär dr Kollege zuschtändig, aber der isch (grad mach i's Maul zua) im Moment ned am Platz. „Ja, mir grabet bei Ihne d'Schtroß uff", ja, des wisst se scho au. Soweit war au no älles in Ordnung. Aber dann, haltet euch bittschee guat fescht! Frogt dui mi allen Ernstes: „Ja, aber was goht Sie denn des eigentlich a? Ond worom wellet Sie denn des so genau wissa?"
Ja, eben, was goht denn mi des a, wenn bei mir 's Drottwar uffgraba wird?

Hosch du do no Töne? Ja, freilich goht mi des was a! Ob i überhaupt no jeden Dag in mei Gschäft oder zom Eikaufa komm oder ob mir ons für die nächste Woche womöglich in unserm Haus verbarrikadiera und mit Lebensmittel eidecka müsset. Freilich, des Fräulein hot ja auch nicht die leiseste Ahnung drvo, wieviel Lebensmittel i jeden Dag hoimzerra muass, om mei Fresserle (für Hilde: „Hilde, Hilde! Hilde-Schatzele! I hab doch bloß Fresserle gsagt, ned Scheißerle! Gell?") drhoim satt zom Kriega.

Om den Belagerungsring wenigstens eine Woche schtandzomhalta, müsst i so große Menge anschleppa, dia kennt i uff oimal gar nemme traga. Des isch dodal omöglich!

Was goht denn Sie des a! Ha, so a saudomms Gschwätz. So was Bleds han i ja meiner Lebdag no nia ghört. Do muascht erscht amol druffkomma, dass di dei oigena Haus- und Hofzufahrt nix meh agoht. Also guat! Dann lass i d'Kehrwoch und Schneeräuma in Zukunft eba au sei, wenn mi mei Drottwar ab sofort nix meh agoht!

DANKE fürs Geschpräch!

I hab dann versucht wieder ruhig zom werda und hab mit zittriger Schtemm a allerletzschte Frog ins Telefon neighaucht. Wia lang dia Bauschtell denn geplant wär, hab i mi dann erlaubt mei oberste Baubehörde noch zusätzlich zum Froga. Druff secht 's Fräulein: „Des kann mer ned so genau saga, wisset Se, des kommt emmer uff dr Baufortschritt an." Ha, Leut, dass es uff da Baufortschritt ankommt, des war mir als Laie und dommer Bürger natürlich komplett neu. Sie hätt aber au saga kenna: „Sie, i hab koi Ahnung und zwar von gar nichts." Des Gschwätz hätt zwar au koin Wert oder Inhalt ghett, aber wenigschtens wärs ehrlich gwä.

Dia Bauschtell isch bereits am nächschta Morga eigrichtet gwä. Bagger, Getöse und älles, was drzughört, 's volle Programm eba. Ja, des muss mer'n lassa, wenn die bürokratische Mühla in Schwung kommet – wenn se in Schwung kommet –, dann mahlet se unaufhaltsam. Ob's ällemol sinnvoll ischt, schtoht aber uff ma andera Blättle.

Da mei herzallerlieabschte Frau und i jetzt natürlich ned gwisst hend, wia lang dia Bauschtell vor onserm Häusle so dauert, hend mir ons halt große Sorga gmacht. Mir hend zwar fescht an den besagte Baufortschritt glaubt, aber die letzschte Bauschtell im Ort hätt eigentlich au im Oktober fertig sei solla, und fertig war se no erscht em Frühjoahr druff. Aus dem Grond hem mir vorsorglich scho amol, so guats ebe ganga ischt, onsere Kellerregal, den Schuhschrank, di ganz Garage ('s Auto hemmer vorsorglich draußa parkt), Hildes Weißzeugschrank mit dr ganza Ausschteuer, d'kompletta Beene und meira Frau ihr Lieblingsbadewann mit Konserva und haltbare Lebensmittel gfüllt. Denn der nächschte Wenter kommt beschtimmt. Und wenn dann d'Bauschtell ganz eigwendert wird und au no zufällig durch den vielbeschworena Baufortschritt onser Telefonkabel juscht in dem Moment kappt ischt, dann kennet mir ons ned amol mehr mit der Außenwelt verschtändiga. Dann dädet mei Schätzle und i, mir zwoi boide dätet dann elendig verhongera und müsstet zgrondganga ohne en entschprechenda Lebensmittelsmittelvorrat.

Nach etliche schloflose Nächt, der liebe Gott wird mir hoffentlich no amol verzeiha könna, hots mir dann doch noch ebbes träumt. Ebbes ganz Schees! Und zwar, wia i uff'm große Bagger hock, all die Hebel und Schalter hab i bedient und da Bagger zielgerichtet in Bewegung gesetzt. Weil i nämlich woiß, wo selbigs „Rathausfräulein" wohnt, hab i dera um ihr Häusle romm an wunderschöna und vor allem tiefa Graba ausghoba. Leut! Des war vielleicht an Traum, kann i euch saga!
Grad, als i mit'm Wasserufffülla vom schtattlicha „Burggraba" nahezu fertig war, guckt just in dem Moment auch „'s Burgfräulein" entsetzt aus'm Fenschder ihres Wasserschlosses raus. Wild fuchtelnd und gestikulierend versucht se mir ebbes mitzomteila. Aufgrund vom enorma Rauscha durch dia zwölf C-Röhrla der Freiwilliga Feuerwehr Bad Boll (am Kommandant Herrn Ziegler an dieser Schtelle ein herzliches Vergelts Gott) han i erscht amol d'Wasserzulauf abgschtellt, damit i überhaupt vrschtanda hab, was dui von mir will. De Träna nahe und mit fürs Fräulein ungewöhnlich zittrigem Schtemmle frogt se mi ganz uffglöst: „Was soll denn des Ganze do?"
Do drauf hab i dann aber bloß beiläufig abgwonga und gmoint, sie kennt sich beruhigt zrücklehna, denn des dät sie ja schließlich

nix aganga. Sie soll jetzatle eba gugga, dass se
ihr Schlauchbötle uffbombt brengt, damit se
morga au zeitig ins Rathaus nonderkäm.

's gibt ällemol scho au scheene Träum!
Und so mancher hot au Potenzial für meh.

Mei – Meier – Vereinsmeierei

Seit Joahr und Dag ben i scho in verschiedene Verei Mitglied. Aber des hot jetzt a End. Verei? So ein Blödsinn! Koi Mensch braucht so ebbes. I vrschtand gar ned, worom so viel Leut drvo begeischdert send.

Jetzt ben i doch scho seit mehr als 20 Joahr Mitglied im Gsangverei, aber 's richtige Senga hemmer dia emmer no ned beibrenga kenna. Aus dem Grond hab mi bei der Vereinsleitung schriftlich aufs bitterschte beschwert und glei aufs Joahresende mein Austritt erklärt. Ha, des goht doch au ned! Seit Joahr und Dag zahl i brav mein Mitgliedsbeitrag. Und? Kann i deswega vielleicht scheener senga oder vielleicht lauter? Noi! Also. Dann brengt doch dia ganza Sengerei au gar nix. Des darf doch oifach au ned sei.
Der Vorschtand hot mir dann en Brief zrückgschrieba, dass sie mein Austritt bedauret und ob i mir des ned no amol überlega will. I soll doch bittschee nach 20 Joahr amol in oine von dene Chorproba komma, dann könnt mr über älles schwätza. Ha, do hört doch älles uff!
I hab mi selbigsmol agmeldet und ällweil mein Beitrag entrichtet. Dass i au no zu dene Proba ganga soll, hot in den letzschte 20 Joahr aber koiner zu mir gsagt. Und jetzt ischt mir des doch grad zdomm. Senga isch eh ned mei Deng. Ab sofort pfeiff i. Und zwar uff den ganza dubblicha Gsangverein do.

Im Tennisclub hab i jetzt au mein Austritt erklärt. Mr sott's ned glauba. Jetzt hän dia doch mir tatsächlich en Brief gschrieba. Dia hend doch tatsächlich gmoint, dass i en Arbeitsdienscht auf dem Vereinsfescht leischta soll. „Arbeitsdienst?" Saget amol, in welcher Zeit lebet mir denn eigentlich. Ich lass mi doch ned zwangsverpflichta. Heringsbrötla soll i uff'm Fescht verkaufa. Des du i fei ned, des schtenkt mir – aber gewaltig!

I will doch bloß hin und wieder Tennis schpiela und sonscht will i doch von dem bleda Tennisclub gar nix wissa. Des hen dia offensichtlich bis heut no ned kapiert! Wenn mr grad dabei sen, muass i des jetzt au amol no loswerda. Am allerlieabschta schpiel i ja sowieso ganz alloi Tennis! Haja, mit andere macht des jo au überhaupt koin Schpaß. Entweder schlaget se dia Bäll so schtark uff, dass da grad no mit Glück dem Ball ausweicha kannscht, bevor 'r de am Meggel trifft, oder sie schpielet ihre Filzkugla emmer so raffiniert uff d'Ecka, dass mr sich sogar bewega müsst, wenn mr dia zrückschpiela wet.

Ganze Schlaue schpielet au so ganz gemeine Schtoppbäll. Wenn da die krieaga willscht, no müsstescht so arg schprenga, dass dr früher oder schpäter, aber eher früher als schpäter d'Zong zom Hals rausschtreckscht. Soll des vielleicht schee sei? Also des isch ganz gwieß nix für mi. Dann guck i mir doch lieaber des Tennis ganz bequem uff der Couch drhoim im Fernseher an. Do hab i jedenfalls meh drvo. Heringsbrötle verkaufa, ha, die schpennet doch! Für mi schtoht fescht, dia Mitgliedschaft ischt zom nächschtmöglicha

Termin kündigt. Dia im Tennisclub send mir doch älle viel zu borniert. Ha, Heringsbrötla? Dass i ned lach!

Im Albverei ben i au bald Ehramitglied. Jetzt hen me dia drletzscht zu einer Wanderung eiglada. I soll doch amol mitkomma, om die wunderbare und tolle Gemeinschaft onder de Wanderkamerada zu erleba. Gut, han i denkt, bisch amol ned so, und han zugsagt. Eines schönen Tages ruaft mi prompt dr Wanderführer drhoim a, dass am kommenda Samschdig a Wanderung war und i häb doch verschprocha mitzomganga. Ja, Leut, langt denn des heutzudag nemma, dass mer ebbes verschpricht– muass mer's au no halta? Also guat, han i denkt, no dabbscht halt mit, und ben am selbigen Samschdag pünktlich am ausgmachta Treffpunkt gwesa. Der Wanderführer hot älle begrüßt und ganz bsonders mi als dr neue Wanderkamerad. Irgendwas hot er no von ra „Königsetappe" gfaselt. Aber bevor i recht gwisst han, welches gekrönte Haupt bei ons heut mitwandert, ischs au scho losganga.

Jetzt hen mi dia die Alb-Buggel nuffgjagt, Leut, i kann euch saga. Dass onser Alb so anschtrengend sei kann, des hätt i jo im Leba nia denkt. Nach ra halba Schtond hen mi meine neue Wanderschtiefel so druckt. Und moinet ihr, dia häbet amol aghalta oder gar a Pause gmacht?

Nach ra Schtond han i ganz arg Durscht ghett. Au, han ich einen Durcht ghett, aber mei Drenkflasch drhoim vergessa. Des hoißt, ned i hab se vergessa, noi, mei Hilde war schuld! Ha, dia domma Kuah hätt doch bloß mei Drenkflasch in mein Rucksack neischtecka braucha. Isch des denn z'viel verlangt, dass se mir mei Veschperle und a Drenka richtet. Zu was hot mr denn schließlich a Frau, wenn ned für sowas? Mei Hilde und Multitasking, von wega! Mit ihrer beschta Freundin Margret hot se nebem Veschper richta wieder telefoniert und dodrbei mei Drenka dodal vergessa. Mei Hilde hot doch sonscht da ganza Dag nix zom Denka und vergisst ausgrechnet au no mei Drenka. Dromm gschieht ra des jetzt grad recht, dass i jetzt so an jesesmäßiga Durscht han.

Aber jetzt zrück zur Wanderung. Dia Wanderkamerada hend emmer mit mir ins Gschpräch komma wella. Aber i kenn doch koin onziga von dene. Wie gsagt, i war's erschte Mol drbei. Was hätt i denn schwätza solla. I hab halt dann so do, als ob i nix höra dät und ben schweigend weiter vor mi nodabbt.

Mei Rucksack wurde mit der Zeit aber emmer schwerer und schwerer. Und dia Riema hend in mei Schulter neigschnitta, i hätt grad heula kenna. Und jetzt kommt's! Moinet ihr vielleicht, des häb von dene Albhurgler überhaupt oin interessiert, dass es mir so jämmerlich schlecht goht? Dass i nix vrzehl, wie liadrichs mir goht, isch jo 's oine, aber moinet ihr, des häb überhaupt oiner gmerkt oder geschweige denn interessiert?

Scheene Wanderkamerada send des! Des sag i euch.

Koin Goziger von dera „tolla" Gemeinschaft war au nur ansatzweis von sich aus bereit, mir für den Rest vom Dag mei viel zu schwere Last abzunemma. Und dabei schtoht doch scho unmissverschtändlich in der Bibel: der Eine trage des anderen Last, … (Galater 6, 2). Aber offensichtlich ischt der liadriche Club vom ma Albverein mit lauter Atheischta durchsetzt. Also wenn ihr mi so froget, i glaub ganz sicher, des wär au amol ebbes für onsern Verfassungsschutz.

Von wega tolle Gemeinschaft! Do kannscht amol wieder seha, wenn's hart uff hart kommt, dann schtohscht halt wieder amol alloi do. Insgeheim hab i mir ja scho a ältere Dama mit Schneckaschtecherschtöck als mein persönlicha Sherpa ausguggt. Dia hot von vornarei koin Rucksack dbeighett. I han se ganz lang und durchdringend mit meine Auga von henda fixiert. Aber moinet ihr vielleicht, dui häb daraufhin irgendwelche Aschtalta gmacht, mir mein Rucksack abzomnemma. Danke! Danke für dia tolla Gemeinschaft! Auf so ebbes kann i grad no verzichta. Im Grond isch's aber au ned verwonderlich, denn im Wort Gemeinschaft schteckt jo scho die Wurzel von allem Übla dren: Gemeinschaft kommt von gemein! Und im „Gemeinheita schaffa" isch der Club von dene „Alb-Gemeine" zemlich guat.

Deshalb han i nach anderthalb Schtond pantomimisch vorgebba, dass i amol austreta müasst, und hab dia günstiga Situation gleich gnutzt. Heimlich, schtill und leise, natürlich ohne was zom Saga, hab i für mi bschlossa, dass i jetzt omdreh. Und dann ben i ganz alloi hoimgloffa. Uff'm Rückweg hot's na no agfanga zom Regna wia ned gescheit. Des hot so schtark gsoicht, dass i bätschnass hoimkomma ben. Da han i bei mir denkt: Gugg, ned amol des mit'm Wetter hen dia Albjodler im Griff. Isch für mi aber au gar koi Wonder, wenn mer ned an da lieba Gott glaubt.

Verein? Noi – danke! Ned mit mir! So ein Blödsinn! Koi Mensch braucht so ebbes. I vrschtand gar ned, worom so viel Leut drvo begeischtert sen.

's Klassatreffa

Erscht vor kurzem hend mir seit längerem amol wieder a Klassatreffa von onserer alta Volksschul ghett. Es ischt nach so langer Zeit scho interessant, dia Einzelne wieder amol zom seha.

Mei Hilde hot sich beim Frisör richta lassa. I kann euch saga, so hab i dui no nia gseha ghett. Zum Glück hab i se no an dr Schtemm na doch no erkannt. Zum Glück. Vielleicht hätt i sonscht ausverseha a andere zum Klassatreffa mitgnomma.

D'Fraua hend natürlich wieder mitanander tuschelt. „Gugg, wia dui do afanga aussieht, ganz verlebt, aber 's isch ja au koi Wonder mit so jonge Freind."

„Und gugg danomm, hot dui des Kloid net scho vor zea Joahr aghett, kann sich dui koi neues leischta?"

Do hend mir Männer des a bissle oifacher. Mir send pragmatischer, eher an Zahla interessiert. Zwoi Woiza send besser als ois.

Onser Dömmschter aus der Klass ischt als Letzschter komma und mit ra riesiga schwarza S-Klasse vorgfahra. Noi, er ischt ned bloß vor-gfahra, er ischt vom Chauffeur vorgfahra worda. Mir hend ons älle gwondert, wia der des gschafft hot, schließlich war des onser liadrichschter Klassakamerad. Der hot ned amol fünf und drei zammazähla kenna, der hot selbisgmol ned gwisst, dass des sieba gibt. Aber jetzt, ganz groß do.

Als er no em donkla Aziegle reikomma ischt, hätt mer ihn kaum wiedererkannt, denn koiner von ons hot den seit der Abschlussfeier meh gseh ghett.

Mir hend'n no gfrogt: „Sag amol Frieder, wo bischt au du nakomma und was machscht du denn heutzudag?"

No hot der Frieder gsagt: „I ben selbigsmol noch der Schul glei nach Hamburg nuff. Dort hab i vor guat zehn Joahr die Firma von meim Chef übernemma kenna. Mir send a Handels-unternehma und kaufet Industriedeile ei und verkaufet dia wieder. Mittlerweile hab i a großa Villa direkt an der Elbe und a großa Yacht."

„Ja, und vom Handel kannsch du so guat leba?", frogt onser Klassabeschder. „Ja freilich, gugget doch amol her, des isch doch ganz oifach. Dia Teile, die mir eikaufet, koschdet mi 4 Euro. Verkaufa du i se millionafach om 8 Euro. Und von dene 4% kann i eigentlich ganz guat leba."

Delegation aus'm Ausland

Drletzscht hend mir em Gschäft so a ausländischa Delegation doghett. Älles Ausländer! Koiner von dene hot oi Wort Schwäbisch gschwätzt oder überhaupt vrschtanda. Dia send ganz weit aus em Norda komma, wo waret dia jetzt nomol her?
Grönland? Schweden? Noi, von der dänische Grenz send dia glaub komma. Dort, wo mr im Sommer emmer so schee dia Polarlichter beobachta kann. Ah, jetzt woiß i's! Aus Berlin send dia komma! Des Berlin liegt ja glaub an dr dänischa Grenz do oba – oder? Oder waret dia doch eher aus Hamburg? Naja, so genau weiß i des jetzt au nemme. Isch au egal, i war ja no nia am Polarkreis do oba.

's nächste war, dass se em Betrieb en Freiwilliga gsuacht hend, wo dia ganze Leut so a bissle omananderführa däd. Weil sich schbondan dann doch so viel gmeldet hend, hend se halt am Schluss mi zum oinziga Freiwilliga beschtimmt.
Als se no mit ama Bus agroist send, hem mr se glei ins Hotel verfrachtet. Bei der Zemmervergabe hem mr emmer gsagt, wo dia oinzelne nasollet. Dene ihr Häuptling beischpielweis hot's Zemmer 350 krieagt. Des nette Fräulein von der Rezeption hot gsagt: „Do müasset Se in da dritte Schtock nuff!" Als der des dann uff de dritt Nochfrog emmer no ned vrschtanda ghett hot, dass er in da dritta Schtock nuff hätt solla, hab i mi kurzerhand eigschaldet. „Sie, des Fräulein däd gmoint han, dass Sie in sell dritts Obergschoss nuff

ganga sollet. Nuff bedeutet bei ons hinuff!"
Er hot zwar emmer no a bissle bleed guggt,
aber jetzt amol onter ons: Kann mr drittr
Schtock denn no besser erklära?

Mir Schwoba hend's gwieß ned oifach. Denn
dia ganza Delegation hot an Schprochfehler
ghett. Koi oinziger von dene Fuffzehn hot a
bissle Schwäbisch vrschtanda. Leut, des isch
doch au ebbes Args, wenn mr sich so gar ned
vrschdändiga kann.
Wobei? Do brauchsch gar ned so weit ganga:
Bei ons in unmittelbarer Nochbrschaft, schräg
geganüber in dem Oifamiliahaus, do wohnt
so a ganz jonga Familie, wo sui sogar, i
glaub, aus Hannover schtammt. Dia schpre-
chet drhoim koi Wort Schwäbisch. So ebbes
kanns drondernei au gebba. Ja freilich, des
isch scho in ganz guate Familia vorkomma,
han i mir saga lassa.

„Wann treffen wir uns denn zum Abend-
brot?", frogt oiner von dene. Alloi scho bei
dera Frog kennt i ..., noi i sag's jetzt ned,
was i kennt. In Schtonda schwerschder Prü-
fun muass i emmer ganz tief in mich ganga
und hin und wieder om höhera Beischdand
bidda: Herr, schenk mir bitte di nödiga Ge-
duld, om des älles dr ganza lieaba langa
Obend zom ertraga, und mach bitte, dass nix
Schlemmes meh passiert.
„Abendbrot?" Jetzt hend mir dia ganza Ba-
gaasch von Delegation zom Obendessa eigla-
da, und zwar in d'beschte Gastronomie bei
ons em Ort, ins Badhotel. Do gibt's ned bloß
Brot, mei lieber Freind. Des isch anders als

bei dir drhoim, mir hend nämlich Esskultur und du befindescht dich schließlich im Genießerland. Und apropo Brot. Brot ischt nicht gleich Brot. Eures mog ja für euch recht sei, aber hosch denn onsers scho probiert? Aber do, wo du herkommscht, isst mr vermutlich eh bloß Grombieara. Uffrega kennt i mi bei so ma blöda Gschwätz do.

„Sicherlich gibt's wieder Spätzle bei euch Schwaben. Was anderes könnt ihr ja ohnehin nicht." Wenn's gnuag isch, dann isch's wirklich gnuag. Dass die blöde Muschelschubser au nia wisset, wenn se da Boga überschpannet. Jeder, der sich so abfällig über onsere geliebte und geschützte Kulturgüter auslässt, setzt onser großzügiga Gaschtfreunschaft leichtfertig aufs Schpiel. Womöglich zieagt'r jetzt au no über d'Maultascha ond d'Flädlesupp her. Aber dann isch's Heu honda. Dann hört bei mir der Schpaß ganz schnell uff. I hab mi zsammagrissa, denn sonscht hätt's ganz sicher a Messerschtecha ond a Schlägerei gebba. Mir Schwoba wisset wenigschdens, was Gaschtfreundschaft ischt.

Nach onserem „Abendbrot", ma Fünfgangmenue, waret se no restlos gschafft ond bedient. Dia lange Areis, des guate ond für dia ganz sicher ogwohnt guate Essa. Onser guater Wirttabergr Wei von dr Rotaberger Grabkapell hot's Übrige dazudo, dass dia so richtig brezelfertig waret und bloß no ens Bett hend wella.

Bevor i dann aber selber hoimganga ben, hab i älle onsere Gäscht no a Guats Nächtle gwünscht und mi dann für da nächsta Morga

zom Frühschtück om dreiviertel Neune ver-
abredet. Moinet ihr vielleicht, des hätt no au
oiner von dene vrschtanda?
Bei ons in Wirttaberg isch die wichtigste Maß-
einheit a Viertele. Des isch sogar so wichtig,
dass mir ned bloß drauß drenket, noi, onsere
Uhra schtellet mir sogar drnoch. Was ischt
denn do so schwer, denk i mir emmer. Kom-
pliziert wird's doch erscht, wenn da mit dene
Norddeutsche 's schwäbische Bruchrechna
afängscht.
A Viertele, a Halbe, weitere drei Viertela ond
zom Schluss no a ganze Flasch. Jetzadle, wia
viel gibt des? In jedem Fall gnuag für an
scheena Balla.

Am nächsta Morga ben i no zu onsere Gäscht
ins Hotel ond hab mit dene gfrühschtückt.
Grad, wia i mei erschts Brötle schmiera will,
seh i, wia dr Butter bei oim drieba schtoht,
und frog'n freundlich: „Gibscht mer amol
bitte dr Butter romm?" – „Das heißt doch die
Butter", kam mir glei sei Echo entgega. Aber
wia kommt denn der Nettozahlungsempfän-
ger überhaupt druff, dass er mir erklära
kennt, dass des ned „der" Butter, sondern
„die" Butter hoißa tuat.
Sabberlodd, mein ganz Lebdag lang ess i scho
Butter als „dr" Butter. Und mol ganz ehrlich,
als „dia" Butter dät's doch gar ned schmecka.

Unbeirrt in seim Sendungsbewusstsein
schwätzt sich der Dagdieb emmer weiter ins
Schlamassel nei.

Es sei ihm aufgefallen, dass wir Schwaben zu einem Daimler-Benz-Automobil nur „Mercedes" sagen.

Do war der bei mir aber grad richtig! „Erschtens kann mr den „Benz" beim Daimler ruahig weglasse, denn drsell war ohnehin bloß an Badenser. Und zwoitens muass mr den Fischkopf, den agschwemmta, vielleicht amol uffklära und ihn froga, wer's erfonda hot. Mir hend's Auto erfonda! Wie so vieles andere au. Und der, wo's erfendet, darf au saga, wia's hoißt. Und deshalb hoißt dr Mercedes Mercedes.

Mog ja sei, dass mir Schwoba koi Hochdeutsch kennet, aber sonscht kennet mir wenigschdens älles.

Worom aber dia Berliner emmer d'Klapp uffreißa müasset. Was kennet denn dia? Hend dia au scho amol ebbes alloi z'Weg brocht? Ganz ehrlich, d'ällerbeschte Zeit hend dia doch ghett, wo no „onsere" Hohenzollern dort bei dene in Sanssouci regiert hend. Und in neuera Zeit, was brenget dia denn scho na? Gar nix! Wenn mer ehrlich send, ned amol a Flughäfele mit onserm Geld!

Dr Englischkurs

Drletzscht hend mir im Gschäft so a ausländischa Delegation aus'm Norda doghett, i hab ja scho drüber berichtet. Mei Chef hot gmoint, i häb des zemlich guat gmacht. Und außerdem wär i a Fremdschprachaschenie. Weil bei ons im Moment scho di nächschde Delegation ins Haus schdoht, und desmoal sends Chinesa, muss oiner von ons wenigschdens Englisch kenna.

Wia beim letzschta Mol fiel die Wahl wieder uff mi, weil i des ja so guat gmacht häb. Und Englisch sei ja gar ned schwer, hot mir mei Chef erklärt. Worom'r's dann aber ned glei selber macht, hab i ihn gfrogt, aber bis heut no koi Antwort erhalta. Aber immerhin hot'r mi zom Englischkurs in dr Volkshochschual agmeldet.

Freilich: Englisch und Schwäbisch send jo arg mitanandr verwandt. I woiß gar ned, ob ihr des gwisst hend?

Haja, gugget doch amol, d'Lisbeth. Ha do, dia Lisabeth von Windsor, dia Kwien von England do. Dia kennet ihr doch alle, oder? Also! Und dera ihr Großmudder war dia berühmte Kwien Marie. Und jetzt raded amol, wo dui herkomma isch? Als Mädle hot se nämlich Maria von Teck ghoißa. Ha, des isch oine von ons! Von dr Burg Teck bei Kirchheim war dui. Noi, ned d'Sibylle von der Teck, 's Marielle von der Teck. Also! Und d'Kwien Mary isch jo heutzudag noch a schtattlichs Schiff, aber selbigsmol war's scho an ganz eleganter Kreuzer.

Aber au dia Schprocha, also 's Schwäbische ond 's Englische, send seidher arg mitanander verwandt. I mach amol a Beischpiel für euch: Wenn i en meim schwäbischa Schtammlokal bei meim Freind und Albwirt Gerhard Gumpper im Rössle in Honau sitz und ebbes Guats zum Drenka bschtell, dann beschtell i a naturtrüabs AlbWirteBier – und der Engländer, was bschtellt sich der? Natürlich au a beer. Guat, dia englische Bier schmecket zwar ned so guat, aber sie saget zumindest au beer drzua. Und ganz zum Schluss bschtell i mir an Schnabbs. Und was macht mei englischer Freind? Dr bschtellt sich au an Schnabbs.

Oder nemmet zom Beischpiel dr unbeschtimmte Artikel: (schwäb.) a Radio – (engl.) a radio, a Generation – a generation oder a Tunnel – a tunnel. Isch doch ganz oifach – gell?

Und bei de beschtimmte Artikel verhält sich des im Übriga exakt gleich: dr Pool, dr Kindergarta und dr Karle saget die Brita au gleich. Ja! Guat, im Englischa hoißt dene ihr Dubbel eba Charles, aber dr Artikel drvor isch genau gleich!

Andere Wörter oder Übersetzunga kann mr sich au ganz leicht herleita: Bürger-Moischder hoißt im Englischa nämlich: Burger-King. Gell, do könnt au an Dubbel druffkomma? Noi, ned uff dr Bürgermoischdersessel, uff dia Herleitung moin i doch. Mensch, dass ihr au emmer älles falsch vrschtanda müasset.

Was i au no Schees in meim Englischkurs glernt hab: Wenn der Engländer saga will, i mog Rettich, dann secht'r oifach, I'm ready! Isch des ned oifach? Ja, gell, des isch ned oifach!

Kaum han i mit meim Englischkurs agfanga ghett, send au dia Chinesa scho bei ons uffkreuzt. I kann euch saga, do hem mr ons aber omschtella müassa! Leut, bei dene do drüba isch vermutlich älles anders.

Als dr erschte Chines aus'm Bus ausgschtiega ischt, frogt er au scho glei: „Hau are you?" Was ja soviel hoißt wia: „Wen soll i schlaga?" Im Sinn von haua – aua. Mei Chef isch vielleicht zsammazuckt und in Deckung ganga. In meine Auga isch des ja au koi Kultur, wenn mer glei älle in Angscht und Schrecka versetzt. Aber andere Ländr, andere Sitta.

Dene ihr Hauptschtadt hoißt, ... hoißt, wia hoißt se nomol? Nach ma Dierle: Elef..., noi,

Moment, Hond, Katz, Maus au ned. Aber Ente! Peking-Ente. Jetzt hab i's.

Und an Necker wie mir hend dia natürlich au ned. Des, was bei ons Necker ischt, ischt bei dene dr Jangtsee. Dene ihr Necker hoißt nämlich Jangtsee.

Und schtatt Wei den dia do drüba Tee abaua. Vermutlich send dia viel krank, wenn dia emmer so viel Tee drenket. Also i drenk an Pfefferminztee beischpielsweis nur dann, wenn's mir ganz hondsliadrich schlecht goht. A Viertele vom guata Wirttaberga kannsch dagega emmer drenka. Wenn's dr guat goht, zum Zeitvertreib, und wenn's dr amol schlecht goht, dann eba, dass dr's bald wieder besser goht.

Dia Chinesa esset ja vielfach ganz andere Sacha als mir. Di kennet beischpielsweis koine handgschabte Schpätzle mit Soß wia mir. Aber so a bsondera Art von „Chinesa-Schpätzle" hend dia scho au. Allerdings saget dia Glasnudla oder Reis drzua!

Mir hättet es ihm alle niemols zuatraut, aber beim Abschied hot mei Chef dann au no kurz und prägnant a englischa Aschproch ghalta. Wörtlich hot'r gsagt: „I want to keep me short and pregnant."

Do druff hend älle Chinesa glacht wia ned gscheit. Mir hend in dem Moment au gar ned gwisst, worom dia jetzt älle so lacha müsset. Mir hend halt no au aus Verlega- und Höflichkeit mitglacht. Vielleicht macht mer des in China beim Abschied so, han i so für mir denkt.

Hannes von Boll

Hans-Ulrich Kauderer, Jahrgang 1966
- in Esslingen am Neckar geboren und dort aufgewachsen
- Klavierunterricht bei der Mutter
- verheiratet, zwei Töchter
- Bankkaufmannslehre, Esslinger Bank eG
- Studium der Wirtschaftswissenschaften in Hohenheim und Amsterdam
- Niederlassungsleiter einer Genossenschaftsbank
- Beruflicher Wechsel in die Hotellerie und Gastronomie (www.badhotel-stauferland.de und www.hotelrestaurantlamm.de)
- heutiger Wohnort ist Bad Boll

Martin Gehring,

geboren 1963 in Ulm, ist neben seiner beruf-
lichen Tätigkeit als leidenschaftlicher Autor
und Cartoonist tätig.
In seinen, meist kleinformatigen und humo-
ristischen Zeichnungen überträgt er mit Vor-
liebe die Fallstricke des Lebens augenzwin-
kernd in die Tierwelt.
Neben ersten Ausstellungen seiner Bilder
gibt Martin Gehring in Hans-Ulrich Kaude-
rers „Mei Freund Hannes ond i" sein Debüt
als Buchillustrator.

Schon erschienen:

Hannes von Boll

„Aus em Leba" Schwäbische Mundart

A5 quer * 74 Seiten mit 11 Aquarellen von
Thomas Wolf * Fester Einband
ISBN 978-3-937367-96-5 à 17 €

Schwäbisch isch viel mee,
's isch ned bloß en Dialekt.
Schließlich sen mir die Beschte,
's liegt vermutlich bloß am Intellekt.
Schwäbisch, ach des isch doch viel mee,
als ihr eich so denget,
ond wenn sich no so viele Reigschmeckte
ihren Grend verrenket.

Es macht mir sehr großen Spaß schwäbische
Gedichte, Texte und Geschichten zu erfinden,
um die Wesenszüge, das 'Knitze', das Typische
unserer württembergischen Landsleute (der so-
genannten Originale) zu skizzieren.
Als 'echter' Württemberger geboren, lebe und
arbeite ich bis zum heutigen Tag sehr gern im
wunderschönen Land der Dichter, Denker und
Erfinder.

Musik-CD „Aus em Leba"

Schwäbische Liader

Dia schwäbische Liader send nedt emmer ganz ernst gmoint.
Es soll halt ebbes zum Noachdenka, Schmunzla ond au zom Lacha dabei sei.

*Mir kennet älles * Alte Liebe * D'r Beenekrädda * D'r Dätschmeredt * Mei' Opa * s'Mauldaschaliad * s'Besaliad * Fantasie über Bachs Air * Von guten Mächten * Für'n Heinz * A' Liad ieberd' Freide * Übersetzung ins Hochdeutsche * Dankeschee*

ISBN 978-3-95544-000-8 à 24 €

Buch mit Musik-CD

(ohne Bestell-Nr.) Musik-CD ohne Buch 10 €

Illustrationen, Umschlagbild: Martin Gehring

Impressum:

Manuela Kinzel Verlag
73037 Göppingen
Tel. 07165 / 929 399

info@manuela-kinzel-verlag.de
www.manuela-kinzel-verlag.de

1. Auflage 2014
©Alle Rechte vorbehalten.
Manuela Kinzel Verlag

ISBN 978-3-95544-021-3